Un amour conquérant

Barbara Cartland est une romancière anglaise dont la réputation n'est plus à faire.

Ses romans variés et passionnants mêlent avec bonheur aventures et amour.

Vous retrouverez tous les titres disponibles dans le catalogue que vous remettra gratuitement votre libraire.

Barbara Cartland

Un amour conquérant

Traduit de l'anglais
par Eric Chedaille

Éditions J'ai lu

Titre original :

CONQUERED BY LOVE

1

1873

« Enfin, j'y suis ! » Théola maîtrisait à grand-peine son émotion. La Kavonie : il lui avait paru impossible d'y arriver un jour, même après avoir quitté l'Angleterre, et pourtant...

Le bateau sur lequel on s'était embarqué à Marseille venait de se ranger le long du quai où un groupe de dignitaires en tenues chamarrées s'apprêtaient à accueillir lady Catherine Bourne, leur future reine. Cela avait tenu du miracle que Théola puisse accompagner sa cousine Catherine et son oncle le duc de Wellesbourne. Celui-ci lui avait demandé de faire partie du voyage, non pas par affection, Théola le savait, mais parce qu'il n'avait pu trouver aucune autre jeune fille qui acceptât de servir de demoiselle d'honneur à Catherine.

Tous les parents, qui auraient dû se sentir honorés d'une telle proposition, l'avaient fermement déclinée. L'Europe connaissait trop d'agitation et il n'était pas question d'envoyer leur enfant dans un pays lointain qui n'était peut-être pas sûr et, en tout cas, pas suffisamment attrayant pour que leur fille y passe deux ou trois années de sa jeunesse.

« Ce ne sont que des froussards », avait grommelé le duc en lisant leurs réponses à la table du petit déjeuner.

— Pourvu que le pays soit en paix, dit la duchesse ce matin-là.

— Bien sûr qu'il l'est ! Je ne vous apprendrai pas, Adélaïde, que la Kavonie, tout comme le Monténégro, est indépendante depuis de nombreuses années. Grâce au roi George, les choses se sont apaisées en Grèce. Il n'y a donc pas lieu de s'inquiéter pour Ferdinand. Cela ne fait-il pas douze ans qu'il règne sans aucun problème ?

La duchesse garda le silence. Catherine s'exclama d'une voix inquiète :

— Je ne veux pas courir de danger, papa ! Je ne pourrais pas supporter le bruit du canon.

— Les Kavoniens sont connus pour être d'excellents soldats. C'est d'ailleurs pour cela que l'Empire ottoman n'a jamais eu de vues sur leur pays. La région est très montagneuse ; pour l'envahir, il faudrait une immense armée, et les pertes seraient effroyables.

— Les Turcs ont pourtant conquis l'Albanie, fit observer Théola.

— Je sais cela, Théola. Lorsque j'aurai quelque chose à vous demander, je vous le ferai savoir.

— Excusez-moi, oncle Septimus.

— Notre seul problème est de trouver une demoiselle d'honneur pour Catherine, fit observer la duchesse.

Le duc serra les lèvres. A cause de sa nature autoritaire, il était particulièrement dur avec les plus faibles et n'admettait pas qu'on lui résiste.

Tout en le regardant, Théola se disait qu'elle allait bientôt être punie pour quelque faute sans importance, simplement parce qu'il était contrarié et qu'il lui fallait quelqu'un sur qui passer sa colère.

— Et si nous demandions à lord Pierrepoint ? hasarda la duchesse. Ce n'est pas que j'apprécie beaucoup sa fille, elle a des manières un peu effrontées. Mais les Pierrepoint seraient certainement très touchés que nous condescendions à inviter cette petite.

— Il n'est pas question d'essuyer un nouvel affront ! J'ai décidé que Théola accompagnerait Catherine.

— Théola ? fit la duchesse au comble de la surprise.

— Théola ? reprit Catherine. Mais enfin, papa...

— Ma décision est prise, il n'y a pas à revenir dessus, dit le duc en se levant. Théola nous accompagnera, Catherine et moi, en Kavonie, et elle y demeurera jusqu'à ce que nous ayons trouvé quelqu'un qui convienne mieux.

Théola en eut le souffle coupé. Avait-elle bien entendu ? Elle garda le silence, de crainte que la moindre remarque n'agaçât son oncle et ne le fît changer d'avis.

Le soir, après une journée passée dans la stupeur et l'excitation, elle s'agenouilla devant son lit pour remercier le ciel de la décision de son oncle, puis elle chuchota dans l'obscurité : « Je vais aller en Kavonie, papa. Ce n'est pas la Grèce, mais c'en est très proche; et les habitants, pour la plupart, y sont d'origine grecque. Oh, papa, comme j'aimerais que tu sois avec moi! »

Elle eut alors l'impression que son père l'avait entendue et qu'il se trouvait tout près d'elle. Dans les moments de tristesse et de désespoir, il lui semblait aussi que sa mère la serrait dans ses bras pour la consoler.

Triste et désespérée, Théola l'était souvent depuis qu'à la mort de ses parents elle était venue vivre chez son oncle et sa tante, dans ce château du Wiltshire, austère et moins confortable que le petit cottage où elle avait vécu dans son enfance. Il faut dire que le duc, un des hommes les plus riches d'Angleterre, comptait aussi parmi les plus pingres; quant à la duchesse, qui avant son mariage était Son Altesse Sérénissime Adélaïde de Holtz-Melderstein, elle semblait tout aussi avare que son époux.

Souvent, grelottant de froid dans les grandes pièces sans chauffage, Théola ressentait tristesse et ennui comme une gangue de glace qui, refermée sur elle, la vidait de toute chaleur, et elle se prenait alors à regretter de n'avoir pas accompagné ses parents dans la mort.

Outre la souffrance physique, elle devait supporter jour après jour les réflexions et les procédés cruels des habitants du château, au point que, tel un animal apeuré, elle aurait voulu se sauver et se terrer pour ne plus souffrir.

Jadis, sa mère lui avait dit combien la fuite de son unique sœur avec son précepteur avait irrité son oncle Septimus. Le futur duc était alors en dernière année à Oxford, et son père, qui tenait à ce qu'il obtînt son diplôme, avait engagé pour les vacances un jeune professeur afin de lui faire revoir ses cours. Richard Waring était un brillant jeune homme de vingt-neuf ans, qui avait déjà préparé avec succès nombre de jeunes aristocrates aux épreuves de fin d'études. Beau garçon, cultivé et issu d'une famille respectable, il n'était toutefois aux yeux du duc et de son fils qu'un personnage négligeable et dénué d'importance. Grand fut l'outrage quand ils apprirent que Richard Waring était tombé follement amoureux de lady Élisabeth Bourne.

Le jeune homme vint déclarer ses intentions au duc qui l'injuria grossièrement et le chassa. La fuite des deux jeunes gens fit l'effet d'une bombe dans la famille, et, des années durant, le nom d'Élisabeth n'y fut plus jamais prononcé.

Quatre ans plus tard, à la naissance de Théola, Élisabeth écrivit à ses parents pour leur annoncer qu'elle avait donné naissance à une fille. On lui retourna la lettre sans même l'ouvrir.

Ce n'est qu'après avoir appris le décès d'Élisabeth Waring et de son époux dans une catastrophe ferroviaire, que Septimus, maintenant duc en titre, vint visiter le petit cottage où ils avaient vécu, non loin d'Oxford. Là, il annonça à Théola qu'elle allait venir vivre chez lui. Marié lui-même à vingt et un ans, il avait une fille, Catherine, d'un an l'aînée de sa nièce.

— N'allez pas imaginer que c'est avec plaisir que je vous accueille sous mon toit, avait-il déclaré. La conduite de votre père fut des plus méprisables, et je ne lui pardonnerai jamais, pas plus qu'à votre mère, le déshonneur qu'ils ont infligé à notre nom.

— Le déshonneur ? fit Théola sans comprendre. Mais quel mal ont-ils fait, si ce n'est s'enfuir pour se marier ?

— Parce que, selon vous, notre sang n'a pas été souillé par celui de ce parvenu ? Un individu qui gagnait sa vie en donnant des cours, et dont les ancêtres sont sans doute sortis tout droit du ruisseau !

— C'est faux ! Les parents de papa étaient de braves gens, très respectés dans le Bedfordshire où ils vivaient. Quant à mon père, c'était un homme brillant et...

D'une gifle, son oncle la fit taire.

— Vous osez me tenir tête ? Ma petite, que les choses soient bien claires dès le départ. Vous êtes ma nièce, et je ne peux pas vous laisser mourir de faim. Vous allez donc venir habiter chez moi. Mais vous m'obéirez, et jamais vous ne parlerez de votre père ou de votre mère, ni à moi, ni à qui que ce soit. Est-ce bien compris ?

Théola avait la joue en feu, mais elle n'y porta pas la main. Elle se contenta de considérer son oncle, plus choquée qu'effrayée par la première violence qu'elle eût jamais subie. Elle s'aperçut, dans les mois qui suivirent, qu'il n'hésitait pas à la frapper dès qu'elle l'agaçait, ce qui arrivait souvent. Il la frappait également lorsque, dans un sursaut d'orgueil, elle le bravait ; cela la laissait défaillante et marquée d'une humiliation qui était comme une blessure ouverte.

Si les gifles de son oncle faisaient mal, les incessantes réprimandes de sa tante étaient presque plus pénibles à supporter. Jamais elle n'avait imaginé qu'il y eût sur terre de pareilles gens, ni que l'on pût vivre ainsi au milieu de la haine. Elle n'avait auparavant connu que l'amour, celui que se portaient ses parents et qui les nimbait d'une sorte d'aura, et la tendresse qu'ils lui témoignaient, la chérissant comme un objet précieux.

Après quelques mois de semblables persécutions, elle se mit à errer dans le château, pareille à un petit fantôme grisâtre, avec l'unique espoir de ne pas se faire remarquer. Elle rêvait souvent qu'un coup de baguette magique la rendait insensible à ces voix dures qui la houspillaient, à ces gifles qui se mettaient à pleuvoir lorsqu'elle s'y attendait le moins.

Elle voulut devenir l'amie de sa cousine, mais cela s'avéra impossible. Catherine tenait de ses parents une nature froide et égoïste ; rien ne l'intéressait de ce qui ne la touchait pas directement.

Théola s'aperçut bientôt qu'elle devait rembourser le gîte et le couvert que lui fournissait son oncle, en devenant chaque jour un peu plus la servante de Catherine. Du matin jusqu'au soir, elle allait et venait à son service, reprisait et repassait ses vêtements. Il lui fallait de plus prêter une oreille complaisante aux louanges que sa cousine se faisait à elle-même ; la moindre réserve, la plus petite contestation lui aurait valu, elle le savait, un sévère châtiment.

— Je me trouve l'air grec, dit un jour Catherine, comme ces statues de déesses grecques qui sont si belles.

Théola dut prendre sur elle pour ne pas répliquer qu'il n'en était rien. Catherine n'avait absolument rien d'hellénique. Elle était blonde aux yeux bleus, ce qui n'avait rien d'exceptionnel en Angleterre ; quant à ses traits, ils n'étaient ni fins ni harmonieux. On lui prêtait une certaine beauté, simplement à cause de son rang et parce qu'elle paraissait aux réceptions dans de magnifiques toilettes, en affichant une fierté insolente.

Théola savait plus de choses sur la Grèce que sur n'importe quelle autre partie du monde. Ce pays, son histoire et sa mythologie avaient été la passion de son père qui lui avait légué son enthousiasme pour la civilisation la plus accomplie que le monde ait connue. Richard Waring avait transmis à sa fille, comme à ses nombreux élèves, l'amour des grands classiques. « On ne peut, disait-il, comprendre la pensée, la sensibilité d'un pays, si l'on n'en possède pas la langue. » Aussi Théola avait-elle appris le français, l'allemand, le latin et le grec. Bien souvent elle lui lisait à haute voix quelque grand auteur puis, longuement, ils échangeaient leurs impressions.

Elle avait peine à croire qu'il existât des gens importants comme le duc de Wellesbourne qui n'ouvraient jamais un livre, et pourtant étaient toujours prêts à donner un avis définitif sur n'importe quel sujet.

Parfois, le soir, quand elle gagnait son lit, épuisée, le corps douloureux de fatigue, elle comprenait combien lui manquaient quelques interlocuteurs intelligents.

Il lui était très difficile de trouver le temps de lire. Toutes les pièces du château étaient éclairées par des lampes, à l'exception des chambres où, par économie, ne brûlaient que des chandelles ; et celles-ci n'étaient que très parcimonieusement fournies à Théola et au personnel.

Elle en était donc réduite à se réciter dans l'obscurité les poèmes et les passages en prose qu'elle avait naguère lus à son père. Le rythme, la musique de ces récitations dissipaient sa tristesse et la faisaient bientôt glisser dans un sommeil sans rêves.

Mais voici qu'aujourd'hui, après plus d'un an de misère et de ténèbres, elle se trouvait en Kavonie !

C'était évidemment la duchesse qui, par les Holtz-Melderstein, avait mis sur pied le mariage de Catherine avec un cousin, le roi Ferdinand de Kavonie. A l'instar de la Grèce et d'autres nations européennes, qui avaient appelé à les gouverner un membre d'une famille royale étrangère, les Kavoniens avaient mis Ferdinand sur leur trône.

En Angleterre, on ne savait pas grand-chose sur lui, sinon que ce parent de l'empereur François-Joseph était âgé de trente-cinq ans, qu'il avait déjà été marié, mais que sa femme était décédée deux ans plus tôt sans lui laisser d'héritier.

— La dernière fois que j'ai vu Ferdinand, c'était encore un garçonnet, avait dit la duchesse à sa fille. Mais, sur ses portraits, il semble très bel homme. Il rappelle un peu Sa Majesté François-Joseph jeune... On observe un protocole très strict à la cour de Vienne. Toutes les maisons royales devraient, selon moi, s'en inspirer. Et j'espère, Catherine, que vous saurez vous en souvenir lorsque vous serez reine. Enfin, je suis certaine que vous trouverez en Ferdinand un souverain tout à fait convenable.

— Je l'espère, maman.

Théola avait trouvé cela plutôt inquiétant. Elle avait lu l'histoire des Habsbourg et les jugeait plutôt détestables. Selon elle, les rois et les reines devaient s'efforcer de comprendre leurs sujets et elle pensait que Catherine aurait dû apprendre la langue de ce pays sur lequel elle allait régner. Mais, quand elle le lui avait suggéré, sa cousine avait sèchement répondu :

— Le roi Ferdinand parle allemand et anglais. Pourquoi faudrait-il que j'apprenne le kavonien, qui n'est jamais employé hors des frontières ?

— Cependant, c'est dans ce pays que vous allez vivre.

— Je ne pense pas que j'aurai beaucoup de contacts avec le petit peuple. Ceux qui résident à la cour parleront certainement l'allemand ou l'anglais, comme leur monarque.

Théola avait pensé que c'était là une bien étrange façon d'envisager un règne. Pour sa part, elle avait décidé d'apprendre le kavonien, ce qui ne devait pas être trop difficile pour elle qui savait le grec. Elle devait d'ailleurs le vérifier à bord du bateau que Ferdinand leur avait envoyé à Marseille.

On avait traversé la France en train, dans des conditions étonnamment luxueuses compte tenu de l'avarice du duc. Outre le secrétaire de ce dernier, les trois voyageurs étaient accompagnés d'un guide, d'un valet et d'une femme de chambre. Les médecins avaient déclaré la duchesse incapable de faire un tel voyage. Elle avait été amèrement déçue de ne pouvoir assister au mariage de sa fille. Mais, depuis déjà plusieurs années, elle avait le cœur malade, et le duc tenait à ce qu'elle ne prît aucun risque.

Au moment des adieux sur les marches du château, devant la voiture qui devait les emmener à la gare, Théola avait cru déceler, pour la première fois depuis qu'elle la connaissait, comme un voile attendri dans le regard de sa tante, un soupçon de douceur sur ses traits durs.

— Portez-vous bien, ma chère enfant, avait-elle dit à sa fille. Je vais beaucoup penser à vous, et prier pour votre bonheur.

— Au revoir, maman, avait répondu Catherine d'une voix où ne perçait aucune trace d'émotion, avant de monter dans la voiture, laissant Théola seule avec sa tante.

— Au revoir, tante Adélaïde.

Théola fit une révérence tout en se demandant si sa tante allait l'embrasser. La duchesse se contenta de la considérer avec dédain.

— J'espère, Théola, que vous vous conduirez convenablement, et que vous vous rendrez utile à Catherine.

— Certainement, tante Adélaïde.

— Je considère que votre oncle a tort de vous emmener en une aussi heureuse occasion. Espérons qu'il n'aura pas à le regretter.

Il y avait une note de dépit dans la voix de la duchesse, et Théola ne put que s'incliner à nouveau avant d'aller s'installer dans la voiture, le dos à la marche, en face de Catherine et de son oncle.

— Il est bien triste de laisser ainsi votre mère, dit le duc à sa fille comme les chevaux s'élançaient dans l'allée.

— Le voyage l'aurait fatiguée ; cela aurait été désagréable pour elle comme pour nous.

— Vous avez sûrement raison, mais peut-être aurait-il été plus sage de lui laisser Théola pour l'aider.

Théola retint son souffle. Allait-on, au dernier moment, la renvoyer au château ?

— Il est trop tard, papa. Et puis, je vais avoir besoin d'elle, puisque Émilie doit rebrousser chemin à Marseille.

— Oui, il serait assez inutile d'emmener une servante anglaise dans un endroit comme la Kavonie, et, comme vous le dites, Théola pourra s'acquitter du nécessaire en attendant que nous ayons trouvé une domestique sur place.

Pour une fois, Théola avait approuvé le duc de tout cœur. Émilie, déjà malade en train, n'aurait été guère utile en bateau.

Si au départ de Marseille la mer était calme, on rencontra ensuite plusieurs coups de vent avant de contourner la botte de l'Italie pour s'engager dans l'Adriatique. Catherine ne quitta pas sa couchette, geignant, se plaignant sans cesse. En plus de Théola, deux femmes de chambre n'étaient pas de trop pour se prêter à toutes ses exigences. Heureusement, un médecin se trouvait à bord. Il prescrivit une potion soporifique qui, chaque jour, endormait Catherine pour de longues heures.

Un certain nombre de dignitaires kavoniens étaient à bord pour représenter leur roi ; joueurs de cartes acharnés, ils plurent tout de suite au duc. Les hommes passaient donc le plus clair de leurs journées au fumoir. Théola, après s'être ennuyée quelque temps seule au salon, fit la connaissance d'un Kavonien, aide de camp du maréchal qui était responsable de la délégation. Peut-être se sentait-il désœuvré... Aussi se mit-il à la disposition de la jeune fille pour lui enseigner le kavonien lorsqu'elle l'en pria d'un air humble mais déterminé.

— Pourquoi nous portez-vous tant d'intérêt, mademoiselle Waring ? demanda-t-il.

— J'ai toujours rêvé de visiter votre pays, capitaine Petlos.

Elle crut remarquer une lueur d'intérêt dans ses yeux.

— J'espère qu'il répondra à votre attente.

— Je l'apprécierai certainement plus si je peux comprendre la langue de ses habitants et communiquer avec eux.

Nicias Petlos alla chercher à la bibliothèque quelques ouvrages qu'il rapporta au salon, ainsi que de quoi écrire. Il était évident qu'il ne croyait pas que Théola pût apprendre grand-chose avant l'arrivée. Pourtant, deux jours après le départ, il s'écria :

— Vous êtes fantastique ! Jamais je n'aurais cru que l'on puisse apprendre aussi vite !

— Tous ces mots qui viennent du grec me facilitent la tâche, dit-elle en souriant.

— C'est vrai, nous parlons un mélange de grec et d'albanais, surtout de grec, comme vous vous en êtes aperçue.

Lorsqu'on eut doublé la Sicile, Théola s'exprimait déjà avec très peu d'hésitation et comprenait presque tout ce que lui disait son professeur.

— Vous êtes incroyable ! lui dit-il ce soir-là. Dommage que...

Il s'interrompit.

— Qu'alliez-vous dire ?

— Non, je préfère me taire.
— Mais pourquoi ?
— Cela pourrait être mal interprété.
Théola regarda autour d'eux: le salon était désert.
— Allons, courage, dit-elle en souriant. Il n'y a pour vous entendre que des chaises vides !
Le capitaine Petlos se mit à rire.
— Simplement, je pensais qu'il est dommage que notre roi ne parle pas la langue de son peuple.
— Est-ce vrai ? fit Théola, incrédule.
— Oui, malheureusement.
— Mais, enfin, ne vit-il pas en Kavonie depuis dix ans ?
— Sans doute Sa Majesté a-t-elle de bonnes raisons de préférer sa langue natale, répondit le capitaine avec raideur.
— Oui, sans doute. Néanmoins, cela semble très étrange. Et comment les dignitaires kavoniens communiquent-ils avec lui ?
A voir le léger sourire de Nicias Petlos, leurs efforts en cette matière devaient être parfois cocasses.
— Quand même, je trouve cette pratique ridicule ! Oh, excusez-moi... j'étais en train de critiquer.
— C'est une chose dont vous devrez vous abstenir au palais, déclara gravement le capitaine. Je vous dis cela pour votre bien, mademoiselle Waring. Si jamais cette conversation parvenait aux oreilles du roi, je puis vous assurer que je serais aussitôt dégradé et que vous seriez renvoyée dans votre pays.
— Vraiment ? fit Théola au comble de l'étonnement.

— Je vous préviens parce que les Anglais sont souvent très libres de propos. Ce qui n'est pas toléré à Vienne l'est encore moins en Kavonie. C'est pourquoi, mademoiselle Waring, je prends la liberté de vous conseiller la plus grande prudence. A ce propos, le maréchal ne juge guère convenable que nous passions tant de temps ensemble.

Théola lui adressa un regard inquiet.

— Je suis désolée de vous avoir causé ces ennuis.

— Cela a été un plaisir pour moi, très sincèrement.

Il lui souriait, et elle se dit que c'était la première fois depuis la mort de ses parents qu'on lui parlait comme à un être humain. Elle avait concentré son attention sur l'étude du kavonien et s'était à peine intéressée à la personnalité du capitaine, comme s'il n'avait été là que pour lui apprendre ce qu'elle désirait savoir. A présent, elle s'apercevait que, par-delà son aspect militaire, c'était un jeune homme plaisant et sûrement très humain.

Elle posa sa plume et dit en kavonien :

— S'il vous plaît, parlez-moi de votre pays.

— La vérité, ou ce qu'on peut en lire dans les guides touristiques ?

— Mais la vérité, bien sûr !

— Les Kavoniens, lorsqu'ils ne sont pas opprimés, forment un peuple heureux. Ils aiment rire et danser, chanter et aimer... Mais ils n'ont guère le cœur à ça depuis plusieurs années.

— Pourquoi ?

— Ils ont subi de grandes misères.

— Comment cela ?

Visiblement, le capitaine Petlos choisissait ses mots avec le plus grand soin.

— Pour commencer, ils ont été écrasés sous l'impôt.

— Mais pour quoi faire ?

Il haussa les épaules :

— Des bâtiments municipaux, des améliorations à apporter au palais, une armée forte.

— Je croyais la Kavonie en paix avec tous ses voisins. Vous n'êtes pas menacés par les Turcs, au moins ?

— Non, les Turcs sont accaparés par l'Albanie. Chaque fois que la Turquie entre en guerre avec une puissance européenne, les Albanais en profitent pour se soulever.

— Quant aux Grecs, ils ne convoitent pas la Kavonie, n'est-ce pas ?

— Oh non ! Le roi Georges désire la paix.

— Alors pourquoi une telle armée ?

De nouveau, le capitaine Petlos semblait choisir soigneusement ses mots.

— Il y a une certaine agitation dans les campagnes.

— Parmi les paysans ?

— Ils souffrent souvent de la faim. Dès que des troubles surviennent, ils gagnent la montagne.

— Pourtant, l'armée n'est-elle pas composée de Kavoniens ?

— Presque tous les officiers sont autrichiens. Je suis une des exceptions.

— Pourquoi ? demanda Théola, regrettant aussitôt le caractère indiscret de sa question.

— Mon père a sauvé le roi d'un attentat anarchiste, peu après son arrivée sur le trône. En retour, Sa Majesté a accordé certains privilèges à ma famille.

Tout en parlant, le capitaine s'était levé et avait refermé les livres. De toute évidence, il désirait mettre un terme à la conversation.

— Pourquoi avoir appelé un étranger à régner sur le pays ? demanda encore Théola. Il y avait sûrement une famille royale en Kavonie.

— Pendant des siècles, il y a eu un Vasilas sur le trône. Malheureusement, à la mort du dernier roi, il ne se trouvait aucun héritier en âge de régner, et de nombreuses factions s'opposaient.

— Et aujourd'hui, il y aurait un héritier ? demanda Théola.

A sa grande surprise, le capitaine Petlos ne répondit pas. Il ramassa les livres et s'inclina en claquant les talons.

— Si vous voulez bien m'excuser, mademoiselle Waring, je pense que le maréchal va avoir besoin de mes services. Cela a été un plaisir de passer cet après-midi en votre compagnie.

Il sortit, très raide dans son uniforme. Théola eut un soupir d'exaspération. Il y avait tant de choses qu'elle désirait savoir sur la Kavonie, mais s'il fallait extorquer ainsi chaque renseignement du capitaine Petlos, elle n'apprendrait pas grand-chose d'ici l'arrivée au port. Au cours des deux jours suivants, un tableau général de la situation du pays commença cependant à se former dans son esprit. Tout en sachant que son imagination fonctionnait un peu librement, elle fut bientôt sûre — même si le capitaine ne lui en donna pas confirmation — que la Kavonie connaissait plus d'agitation et de conflits que le duc ne l'avait envisagé. Avant même l'arrivée, elle était presque certaine que le peuple y était fermement, sinon cruellement, assujetti par ses suzerains autrichiens.

Mais, pour lors, elle n'avait guère le loisir de penser à la Kavonie ou à elle-même. L'Adriatique était calme, et Catherine eut la force de quitter sa couchette pour monter sur le pont. Seule Théola savait lui apporter la robe qu'elle voulait, la coiffer comme elle le souhaitait, la servir tandis qu'elle se plaignait sans cesse de l'inconfort de la navigation et prenait peur dès qu'une lame un peu plus grosse que les autres faisait rouler le navire.

Lorsque enfin le bateau accosta, presque à l'heure prévue, il n'y avait plus de vagues, le soleil brillait et le ciel était d'un bleu limpide. Comme Catherine descendait la coupée, une fanfare entonna l'hymne britannique, bientôt suivi par celui de la Kavonie. Puis le maire commença son discours de bienvenue. Comme personne ne prêtait attention à elle, Théola pouvait contempler le paysage.

Jamais elle n'avait imaginé que des montagnes puissent être aussi élevées et se détacher si magnifiquement sur le ciel. Si leurs cimes étaient d'un blanc éclatant, leurs pentes se couvraient de forêts de pins, et de genêts d'Espagne, d'oliviers, de myrtes et de genévriers.

Orangers et citronniers en fleurs formaient l'arrière-plan féerique des maisons de bois dont les balcons croulaient sous des géraniums éclatants. Théola, qui avait consulté un livre de son père sur la faune et la flore de la Grèce du Nord, savait qu'elles étaient assez semblables en Kavonie. Elle put donc reconnaître le violet des arbres de Judée, le blanc et le pourpre des rhododendrons, le bleu intense des gentianes et le rose des lauriers. Pourtant, comme les voitures quittaient Khévéa pour prendre la direction de Zanthos, la capitale, elle s'étonna de la profusion des espèces de fleurs et de l'immense variété de leurs couleurs.

Le trajet avait été décoré d'arches florales et de mâts pavoisés. Les ponts, sur lesquels on passait, étaient gardés par des sentinelles. Sur le bas-côté se pressaient de nombreux touristes et des paysannes qui agitaient la main et souriaient, vêtues de jupes rouges et de tabliers blancs, leurs cheveux noirs ornés de fleurs.

Théola trouvait incroyable que Catherine ne s'intéressât pas plus à l'accueil que lui faisaient ses futurs sujets. Elle prêtait peu d'attention aux acclamations et semblait avoir beaucoup de choses à dire au Premier ministre qui avait accueilli les voyageurs. Le regard pénétrant, la voix gutturale, assez âgé, ce personnage ignorait complètement le capitaine Petlos assis en face de Catherine, à côté de Théola. Celle-ci réalisa avec surprise qu'il était autrichien.

Le duc suivait dans une autre voiture en compagnie du maréchal, de plusieurs autres militaires en grand uniforme et de civils qui portaient au cou une chaîne d'or.

L'escorte se composait de six voitures et, outre les hussards chevauchant sur les côtés, comportait devant et derrière un détachement de cavalerie.

— Les hommes qui ouvrent le cortège font partie de la garde personnelle de Sa Majesté, dit le capitaine Petlos à Théola.

— Ils ont beaucoup d'allure, fit-elle, songeant que leur casque ressemblait à celui des guerriers grecs antiques.

Et elle regretta que son père ne fût pas là pour les voir. Les gens le long de la route présentaient beaucoup de traits helléniques, mais le cortège allait bon train, et les physionomies défilaient trop rapidement pour que Théola pût les détailler avec précision. Et puis il lui était difficile de ne pas garder les yeux fixés sur les hauteurs enneigées qui se dressaient de part et d'autre de la route. « Il n'est pas étonnant, pensa-t-elle, qu'en cas de danger les gens s'enfuient dans la montagne. » Il devait être tout à fait impossible de retrouver un homme caché parmi ces épaisses forêts, ces pics enneigés ou ces gorges abruptes.

« C'est vraiment le pays le plus attachant que j'aie jamais vu », se dit-elle. Et elle se demanda comment Catherine, lorsque parfois elle quittait le Premier ministre des yeux, pouvait rester insensible devant ces paysages.

Théola aurait voulu poser une foule de questions au capitaine Petlos, mais prendre ainsi la parole eût été une entorse à l'étiquette. Aussi demeurait-elle silencieuse. Elle avait pourtant du mal à ne pas adresser des signes aux enfants, à ne pas montrer sa déception lorsque les bouquets de fleurs qu'ils lançaient manquaient la voiture et allaient finir sous les sabots des chevaux.

On roulait depuis une heure, lorsque les premières maisons de Zanthos apparurent. Quelques minutes plus tard, l'escorte franchit une rivière sur un pont enguirlandé de fleurs. On suivait maintenant des rues étroites, bordées d'humbles maisons qui, bizarrement, n'étaient pas décorées et paraissaient inhabitées avec leurs volets fermés.

On n'entendait plus les acclamations d'une foule heureuse, et nul bouquet n'était lancé vers les voitures. Les chevaux avaient accéléré l'allure, et Théola brûlait d'envie d'interroger le capitaine Petlos sur ces tristes parages. Pour la première fois depuis qu'elle avait posé le pied sur le sol kavonien, un nuage vint obscurcir le soleil.

On s'engagea dans une autre rue. Il y avait là quelques personnes et des enfants en haillons, nu-pieds qui jouaient près du caniveau.

Soudain, la voiture fit une embardée. On entendit un cri, et le cocher arrêta ses chevaux.

— De quoi s'agit-il ? Que s'est-il passé ? interrogea sèchement le Premier ministre.

Déjà, le capitaine Petlos avait ouvert la portière et sauté à terre.

— Il semble que nous ayons heurté une enfant, Votre Excellence. Elle a dû se jeter sous les roues.

— Une enfant ? s'écria Théola.

Sans réfléchir, elle sortit vivement. Gisant près de la roue avant, elle vit une petite fille dont la jambe nue saignait abondamment. Elle s'agenouilla près d'elle. La petite avait dû être assommée aussitôt ; elle gardait les yeux clos et semblait à peine respirer. Théola pensa qu'une artère devait avoir été sectionnée. Elle fit reposer la tête de l'enfant sur ses genoux et releva sa pauvre petite robe.

— S'il vous plaît, donnez-moi votre mouchoir, demanda-t-elle au capitaine Petlos qui se tenait près d'elle.

Il fouilla ses poches. Mais, d'un geste impatient, Théola enleva le foulard de soie qu'elle portait au cou et entreprit de le nouer autour de la jambe blessée, au-dessus du genou.

— Cette enfant doit être immédiatement dirigée vers un hôpital ! dit-elle. Sa mère est-elle ici ?

Levant la tête, elle s'aperçut que les gens et les autres enfants qui, quelques instants plus tôt, se trouvaient dans la rue, avaient disparu. L'endroit était désert !

— Que se passe-t-il ? fit avec agacement le Premier ministre, resté dans la voiture. Nous ne pouvons pas nous attarder ici, capitaine Petlos.

— L'enfant est blessée, Votre Excellence.

— Eh bien, qu'on la confie à ses parents !

— C'est qu'il n'y a personne en vue, monsieur.

— Allongez-la sur le bas-côté. Nous devons repartir.

— Nous ne pouvons pas faire ça ! protesta Théola. Je lui ai fait un garrot pour arrêter l'hémorragie, mais il va falloir le desserrer dans moins de dix minutes.

Le capitaine hésitait, et Théola savait qu'il lui fallait obéir au Premier ministre.

— Appelez ses parents ou un voisin. Il doit bien y avoir quelqu'un ! dit-elle.

Elle reporta son attention sur la jambe de la petite. A présent que l'hémorragie était moins abondante, on voyait que les chairs étaient entaillées presque jusqu'à l'os.

— Il faut l'emmener à l'hôpital ! répéta-t-elle fermement.

— Il n'y a pas d'hôpital, fit le capitaine d'une voix sourde.

Elle le regarda, effarée. Pour se rendre utile, il mit ses mains en porte-voix et cria :

— Que quelqu'un vienne chercher cette enfant immédiatement !

Théola regarda les maisons aux volets clos. Rien ne bougeait, et elle pensa un moment que personne ne se montrerait. Mais une porte s'ouvrit et un homme vint lentement dans leur direction. Vêtu d'un modeste costume de paysan, il était grand et d'une carrure imposante.

— Ce doit être son père, dit Théola avec soulagement. Voulez-vous lui expliquer, au cas où il ne me comprendrait pas, qu'il lui faut trouver un médecin le plus vite possible, et que ce garrot devra être enlevé dans une dizaine de minutes, sinon elle risquerait de perdre sa jambe.

L'homme arriva près d'eux. Alors, à la grande surprise de Théola, le capitaine lui dit à voix basse, presque dans un souffle :

— Êtes-vous fou ? Si jamais on vous reconnaît, vous serez abattu sans sommations !

— Je sais ! fit l'inconnu d'une voix profonde.

— Pour l'amour du ciel... balbutia le capitaine.

Sa voix contenait une pointe d'angoisse que Théola ne comprenait pas. Avec effort, il reprit plus fortement :

— Votre fille est gravement blessée. Cette dame dit qu'il faut retirer le garrot dans les dix minutes, et lui trouver un médecin le plus rapidement possible.

L'homme ne répondit pas. Il se baissa pour prendre la petite dont la tête reposait toujours sur les genoux de Théola.

Celle-ci leva les yeux vers lui et, pour la première fois, elle vit son visage. Il était à n'en pas douter d'origine grecque. Jamais elle n'avait vu un homme ressembler autant aux portraits que son père lui avait montrés. Ses traits paraissaient si familiers qu'elle eut aussitôt l'impression de le connaître.

Leurs regards se croisèrent, et ce fut comme s'il l'avait giflée. Jamais elle n'aurait imaginé qu'un être humain puisse la regarder avec un tel mépris.

— Qui est cet homme ? fit la voix sèche du Premier ministre.

Le capitaine Petlos revint vers la voiture.

— Il doit s'agir du père de cette enfant, Votre Excellence.

L'homme, qui maintenant portait la blessée dans ses bras, s'adressa à Théola d'une voix tranquille :

— Merci pour les soins. Puis-je vous demander un service ?

— Oui.

— Voudriez-vous m'aider à la transporter dans la maison ? Si vous la tenez d'un côté, et moi de l'autre, ce sera moins pénible pour elle.

— Volontiers.

Théola pensa que cet homme robuste n'aurait eu aucun mal à porter seul la petite. Mais, consciente de la gravité de la blessure, elle se sentait prête à tout pour adoucir les souffrances de l'enfant évanouie.

Ils gravirent la pente douce qui les séparait de la maison. Lorsqu'ils arrivèrent devant la porte, quelqu'un l'ouvrit de l'intérieur. Tout à coup, Théola remarqua que l'inconnu s'était placé en sorte qu'elle fît écran entre lui et le Premier ministre.

Ils entrèrent dans une pièce misérable, dépourvue de mobilier, où se trouvaient un vieillard, assis dans un fauteuil, et une femme en larmes qui devait être la mère de la petite. Elle s'avança vers eux, les bras tendus en avant. Alors, Théola entendit le Premier ministre hurler :

— C'est Alexius Vasilas ! Tuez-le ! Mais tuez-le, idiots !

Calmement, l'homme remit l'enfant à sa mère, puis, sans un mot, il traversa la pièce et sortit par la porte du fond. Elle se referma sur lui à la seconde où le capitaine Petlos et quatre soldats s'encadraient dans l'entrée. Sans trop savoir pourquoi, Théola se posta sur le seuil étroit, bloquant complètement le passage.

— Qu'y a-t-il ? Que se passe-t-il ? interrogea-t-elle.

— Laissez-moi passer, mademoiselle, répondit le capitaine. J'ai des ordres.

— Lesquels ?

— Je dois arrêter cet homme.

Théola ne bronchait pas.

— Je croyais que vos ordres étaient de le tuer, capitaine !

— Il faut que je le trouve, mademoiselle Waring.

— Je pense qu'il est parti chercher un médecin, et il serait regrettable de le retarder. Comme vous le savez, l'enfant est très sérieusement blessée.

— Je dois accomplir mon devoir, dit encore le capitaine.

Il lui était toutefois impossible d'entrer sans repousser Théola. Deux des soldats qui l'accompagnaient, gagnèrent la maison voisine dont la porte était verrouillée ; ils y frappèrent en vain. Théola ne s'écartait toujours pas.

— Revenez ! Revenez ! ordonna alors le Premier ministre.

Depuis une autre voiture, un officier supérieur lança :

— Nous devrions partir, Votre Excellence. L'endroit n'est pas sûr.

— Eh bien, allons ! fit hargneusement le Premier ministre. Vasilas nous a échappé une fois de plus. Pourquoi ne m'a-t-on pas informé qu'il se trouvait en ville ?

Il n'y eut pas de réponse à cette question, mais Théola comprit que le danger était passé. Elle se tourna vers la mère de la fillette :

— Je vous en prie... faites soigner immédiatement la jambe de votre enfant, et enlevez-lui son garrot dans... six ou sept minutes.

Elle s'était exprimée dans un kavonien hésitant, mais la femme parut comprendre et hocha la tête. Théola portait une bourse suspendue à son poignet et en tira un souverain d'or qu'elle posa sur une chaise, près de la porte.

— Pour la petite, dit-elle d'une voix douce.

Puis, à la suite du capitaine Petlos, elle remonta en voiture.

— Vraiment, Théola ! s'écria Catherine. Comment avez-vous pu être assez irresponsable, assez ridicule pour nous faire perdre notre temps avec cette gamine ? Ce quartier n'est pas sûr, et jamais nous n'aurions dû nous y arrêter.

Théola avait beaucoup à dire, mais elle estima que cela ne servirait pas à grand-chose.

— Je suis désolée, Catherine, dit-elle humblement.

— J'espère bien. Je vous assure que papa sera très contrarié lorsqu'il apprendra votre conduite. Regardez ce sang sur votre robe. Ah ! vous êtes propre !

Théola baissa les yeux. Catherine avait raison : Près de l'ourlet, s'étalait une grande tache écarlate.

« C'est la première effusion de sang que je vois en Kavonie », pensa-t-elle tristement.

2

La voiture s'ébranla.

— Qui est ce Vasilas ? demanda Catherine au Premier ministre.

— Un révolutionnaire. Un individu qui provoque des troubles où qu'il soit. J'ai donné des instructions pour qu'on l'abatte à vue, mais certains militaires sont assez stupides pour ne pas le reconnaître.

Il avait dit cela en fixant le capitaine Petlos. Puis, jugeant sans doute maladroit de le réprimander devant des étrangers, il reprit d'un ton plus léger :

— Mais n'ayez aucune crainte, lady Catherine. Je vous assure que, dès notre arrivée au palais, le maréchal donnera des ordres pour qu'on le retrouve où qu'il se cache. Et nous n'entendrons plus jamais parler de lui.

Théola regardait le capitaine Petlos à la dérobée. Il était très pâle, et elle comprit qu'il avait peur. Elle ne comprenait pas la nature exacte des événements, mais elle pressentait qu'il s'agissait de choses graves. Si Alexius Vasilas était effectivement membre de l'ancienne famille royale de Kavonie, pourquoi était-il vêtu comme un paysan ? Et pourquoi logeait-il dans ce taudis devant lequel on s'était arrêté ? A en croire le Premier ministre, cela faisait déjà quelque temps que l'on tentait de l'abattre ou de le faire prisonnier. Dans ces circonstances, il avait fait preuve d'un courage extraordinaire en secourant cette fillette blessée.

Tout cela laissait Théola fort perplexe. Mais sa curiosité n'en était que plus vive ! Il y avait encore une autre question à élucider : pourquoi les quartiers pauvres de la ville étaient-ils morts, et leurs rues désertes ? Dès que l'on en fut sorti, il y eut de nouveau des arches fleuries, des drapeaux et les acclamations de la foule. Sur les palissades, à la façade des maisons, aux réverbères, le portrait de Catherine était affiché. Catherine paraissait contente de retrouver ces attroupements joyeux.

— Mais ils ont tous ma photographie ! s'écria-t-elle.

— Ils la chérissent, lady Catherine, dit le Premier ministre. Et ils sont heureux d'accueillir leur future reine, non seulement parce que vous êtes anglaise et très belle, mais aussi à cause de la légende.

— La légende ?

— Une très vieille prophétie affirme que lorsqu'une princesse blonde et pâle traversera la mer pour régner sur la Kavonie, le pays connaîtra joie et prospérité.

— Mais je ne suis pas princesse, objecta Catherine, presque à contrecœur.

— C'est la traduction approximative du mot kavonien qui signifie « belle dame très importante ».

Catherine eut un sourire de jubilation. Théola se dit que le Premier ministre avait dû habilement orchestrer la chose, exhumant cette vieille légende pour exciter l'enthousiasme du peuple. « S'il n'avait pas pris cette précaution, pensa-t-elle, peut-être Catherine n'aurait-elle trouvé en arrivant que des rues désertes et des volets clos. » Puis elle s'accusa de pécher par excès d'imagination. Les Kavoniens n'avaient certainement pas besoin de cela pour souhaiter le mariage de leur roi et se réjouir de cet heureux événement.

Souriante, saluant la foule, Catherine était très anglaise et très séduisante dans sa robe pâle qui s'accordait à la couleur de ses yeux, avec son beau chapeau dont les longues plumes oscillaient sous la brise.

Le cortège traversa une vaste place et suivit plusieurs avenues bordées de belles maisons entourées de grands jardins. Bientôt, apparut le palais. Il était très impressionnant et, tandis que l'on s'en approchait, Théola constata qu'il s'agissait d'une réplique du palais de Schönbrunn, à Vienne.

Son esplanade était décorée de fontaines jaillissantes et de nombreuses statues. Sur le perron, que gardaient des sentinelles en grand uniforme, la foule des invités, les personnalités les plus prestigieuses du pays attendaient leur future reine. Les bijoux des femmes, les décorations des hommes étincelaient au soleil, et cette lumière qui enveloppait toute chose était comme une bénédiction des cieux.

La voiture s'immobilisa. Théola vit, s'avançant sur un tapis rouge, une silhouette en uniforme blanc qui devait être le roi. Cette cérémonie était très émouvante, et elle se demanda si Catherine avait le cœur battant à l'instant de rencontrer, pour la première fois, celui qui allait devenir son mari.

Mais lorsque le roi fut plus près, elle dut s'avouer déçue.

Jusqu'alors tout avait semblé faire partie d'un conte de fées. Dans son romantisme, elle s'était attendue à un monarque de haute taille et de belle figure, mais elle se souvint alors qu'il s'agissait d'un Habsbourg. Bien différent du prince charmant qu'elle avait imaginé, cet homme était de taille moyenne, assez corpulent, et avait un aspect tout à fait banal, avec toutefois un air froid et distant qui n'était pas sans rappeler l'attitude de Catherine. « Peut-être iront-ils bien ensemble ? » se dit Théola.

Elle descendit de voiture à la suite de sa cousine et fit une profonde révérence.

Elle eut tant de choses à voir, tant de choses auxquelles s'intéresser, qu'elle ne put reprendre ses esprits que deux heures plus tard. Elle se rappela alors avec effroi que sa robe était tachée de sang. On l'avait présentée à une foule de gens qui tous parlaient allemand et qui, elle en était sûre, étaient autrichiens. Maintenant qu'elle y repensait, elle n'avait pas rencontré, parmi les personnes à qui elle avait parlé, un seul Kavonien. Elle n'avait pu s'empêcher de comparer elle-même et Catherine à deux pensionnaires d'un zoo, car tous les regards étaient braqués sur elles, et les plus banales de leurs remarques avaient été reçues avec le plus vif intérêt. « Catherine va aimer se sentir importante », se dit-elle. En vérité, sa cousine semblait heureuse pour la première fois depuis qu'elle avait quitté l'Angleterre. Jusqu'au duc qui était d'une affabilité dont il n'était pas coutumier.

Lorsque enfin Catherine se retrouva seule avec Théola, dans le magnifique salon blanc et or des appartements de la reine, elle s'exclama :

— Maman avait raison ! La vie de reine va être délicieuse !

— Les gens semblaient très heureux de vous accueillir, dit Théola.

— Bien sûr qu'ils l'étaient ! Le Premier ministre n'a pas cessé de me répéter combien lui et ses pairs étaient contents de voir une Anglaise honorer le trône.

— Je parlais des Kavoniens.

— Oh, ceux-là ! Oui, ils vont sûrement beaucoup aimer les festivités du mariage, le roi m'a assuré qu'elles seraient considérables.

— Savez-vous qu'il n'y a pas d'hôpital à Zanthos ?

— Cela n'est pas mon affaire ! Et si vous pensez toujours à cette gamine qui vous a inspiré une conduite aussi indigne, je vous conseille de l'oublier !

Comme Théola ne répondait pas, Catherine reprit :

— Si ce petit intermède est typique de la façon dont vous comptez vous comporter dans ce pays, je demanderai à papa de vous ramener avec lui en Angleterre. C'est d'ailleurs sans doute ce que je ferai. Je suis bien certaine que nombre de jeunes et charmantes Autrichiennes seraient ravies de devenir ma demoiselle d'honneur.

Théola en eut le souffle coupé. Elle savait quel genre de vie l'attendait en Angleterre, et pas une fois elle n'avait imaginé qu'à peine arrivée en Kavonie, Catherine serait disposée à se passer de ses services.

— Je... je suis désolée, dit-elle humblement.

— J'espère bien ! A l'avenir, ayez l'obligeance de tenir votre place, Théola. J'ai bien vu que le Premier ministre avait été très contrarié de la façon dont vous avez empêché ses hommes de tuer ce rebelle.

Théola refoula avec peine les paroles qui lui venaient aux lèvres et, timidement, demanda :

— Puis-je aller me changer, Catherine ? Vous allez avoir besoin de moi, dans une heure, pour la réception.

— Faites vite. Je veux que vous expliquiez aux nouvelles servantes comment elles doivent m'habiller, et puis il faut que vous me recoiffiez.

Une domestique conduisit Théola à sa chambre, contiguë à la gigantesque et magnifique chambre à coucher de la reine qui était aménagée avec des meubles importés de Vienne ; on ne pouvait se tromper sur ce style baroque, ces miroirs au cadre argenté, ces volumineux buffets, ces commodes massives aux marqueteries compliquées. Au lieu que ce soit par des cheminées, les pièces du palais étaient chauffées par des poêles de céramique copiés sur ceux des palais viennois. Le salon, les couloirs étaient ornés de portraits des ancêtres du roi et de paysages autrichiens.

Théola se dit que si la Kavonie possédait une culture propre, ce n'était pas dans le palais qu'il fallait la chercher.

Sa chambre était évidemment moins spacieuse que celle de Catherine, mais, également de style viennois, elle était très confortable. Lorsqu'elle entra, deux femmes de chambre défaisaient ses malles. Elles sourirent lorsqu'elle les remercia en kavonien. L'une était très jeune et l'autre, qui visiblement lui apprenait le métier, était une femme assez âgée.

— Vous parlez notre langue, Fräulein ? demanda-t-elle, ravie.

— J'essaie de la parler, répondit Théola, et j'aimerais que vous m'y aidiez, car il n'y a pas longtemps que j'ai commencé.

— Au palais nous ne devons parler que l'allemand, Fräulein.

— Pas lorsque vous êtes avec moi. J'aimerais que vous ne me parliez qu'en kavonien, je l'apprendrai plus vite.

Les deux femmes semblèrent heureuses de la suggestion. Théola n'eut aucune peine à choisir sa toilette du soir. Comme à l'accoutumée, la duchesse s'était montrée extrêmement pingre, lorsqu'il s'était agi d'habiller sa nièce.

— Nul ne vous regardera, Théola, avait-elle dit. Moins vous serez voyante, mieux ce sera !

Elle avait donc acheté les tissus les moins coûteux, dans des tons beiges qui avaient le don de démoraliser Théola chaque fois qu'elle les voyait. Même si ses parents avaient de modestes moyens, elle et sa mère s'étaient toujours fait des robes de tons pastel que son père admirait et qui, elle le savait, lui allaient à ravir.

Elle avait la même taille que Catherine, mais les efforts physiques que son travail demandait l'avaient amincie et les traits de son visage étaient bien plus fins et délicats que ceux de sa cousine. Enfant, elle avait un jour déclaré à son père :

— Je voudrais ressembler à une déesse grecque, papa ! Alors tu m'aimerais autant que tu aimes les statues d'Aphrodite.

Richard Waring avait éclaté de rire.

— Ma chérie, je t'aime infiniment plus que n'importe quelle déesse taillée dans le marbre ou peinte sur une toile. Et puis, tu sais, peut-être ne ressembleras-tu jamais à l'Aphrodite grecque, mais bien des hommes, j'en suis certain, trouveront que tu produis le même effet dans leur cœur.

— Mais je veux avoir l'air grec, avait-elle insisté.

— C'est le cas, ma chérie. Tu ne ressembles pas à une déesse de l'Olympe, mais plutôt à une des nymphes de l'île de Délos, sorties de la mer pour servir le dieu de la lumière.

— Parle-moi d'elles ! Raconte !

Son père lui avait alors conté comment, au neuvième siècle avant Jésus-Christ, avait couru la rumeur qu'un beau jeune dieu armé d'un arc d'or venait de naître en l'île de Délos.

— Quel dieu était-ce, papa ?

— Il s'appelait Apollon, et quand j'ai visité Délos, l'air y était toujours dansant et tremblant comme une flamme.

— Je ne comprends pas.

— C'est difficile à expliquer, mais là où vécurent les dieux, et surtout Apollon, règne une lumière particulière qui semble faire palpiter l'atmosphère, un frémissement mystérieux, comme le battement d'ailes de vermeil, comme le tournoiement de roues argentées.

Richard Waring avait parlé en état de transe et, sans vraiment comprendre, Théola avait aimé la musique de sa voix. Lorsqu'il évoquait ses souvenirs, une émotion magique envahissait son père.

— Et là où étaient les dieux, avait-il repris, il y avait toujours des nymphes, au bord des torrents, dans la brume du matin, dans l'écume de la mer.

» Apollon conquit le monde par la seule force de sa beauté. Il n'avait pas de ressources temporelles, il ne disposait ni d'une armée, ni d'une flotte, ni d'un gouvernement, mais il offrit la lumière à l'esprit des hommes, et les hommes adorèrent ce jeune dieu qui avait surgi dans l'éclat du jour.

Richard Waring savait donner à ce dont il parlait l'aspect de la réalité, parce que lui-même y croyait ; il avait ainsi ouvert à Théola un univers dont elle fit bientôt partie. Et elle s'était mise à adorer Apollon. Pour elle, il personnifiait l'amour ; plus grande, elle avait acquis la certitude de trouver cet amour auprès d'un homme.

Au fil des années, elle avait peu à peu compris pourquoi son père la comparait aux nymphes de la Grèce antique. Elle possédait un visage en forme de cœur avec des yeux immenses, des yeux qui — encore qu'elle n'en eût pas conscience — recelaient en leurs profondeurs un mystère, comme s'ils voyaient ce monde caché dont son père était si familier.

Ses cheveux n'étaient pas cuivrés comme ceux de sa cousine, mais d'un blond si pâle que sans les reflets qui les faisaient parfois flamboyer, on aurait pu les croire blancs. Son père lui avait souvent parlé du rayonnement qui émanait d'elle, et Théola se demandait parfois si la duchesse ne tentait pas d'éteindre cette lumière en l'affublant de vêtements aux couleurs sombres qui accentuaient la blancheur de son teint et lui conféraient une pâleur surnaturelle.

Au château, durement traitée, constamment rabrouée et frappée, elle avait du mal à se souvenir de cette atmosphère de beauté et d'insouciance que son père faisait régner. Obéissant à des ordres incessants, elle allait et venait continuellement dans la grande demeure, et avait peu de répit pour penser à ce qu'il lui avait appris. C'est seulement la nuit, seule dans le noir, qu'elle l'entendait encore lui dire : « Dans le silence, on peut entendre la voix du dieu qui appelle les mortels à rechercher en eux-mêmes la lumière divine. »

— Quelle robe allez-vous porter, Fräulein ? demanda la plus âgée des servantes, l'interrompant dans sa rêverie.

Elle résista à l'envie de dire que cela n'avait aucune importance, que toutes ses robes étaient laides et que personne ne la remarquerait. Pendues dans la garde-robe, elles paraissaient incongrues à côté du soleil qui brillait dehors, de la neige étincelante des montagnes, et de ces fleurs qui donnaient à la Kavonie un air de paradis terrestre.

A la réception, Catherine porterait une toilette blanche, agrémentée de petites roses roses et de rubans bleus, qui avait été spécialement conçue pour mettre en valeur sa pâle beauté et l'or de sa chevelure.

Le choix de Théola se limitait à une robe en batiste grise de mauvaise qualité, une autre de mérinos brun foncé, et une dernière d'un horrible bleu terne qui évoquait pour elle un ciel d'hiver.

— Je vais mettre la grise, dit-elle sans réfléchir.

Tandis que les deux femmes laçaient sa robe, elle se recoiffa sans se préoccuper de son reflet dans le miroir. Dès qu'elle fut prête, elle regagna promptement la chambre de Catherine. La future reine était déjà de fort mauvaise humeur.

— Dites à ces idiotes de me trouver mes plus beaux bas de soie ! fit-elle rageusement.

Elle s'était exprimée en anglais, mais les femmes de chambre ne pouvaient se méprendre sur le ton exaspéré de sa voix. Elles avaient l'air apeuré ; sans doute ne demandaient-elles qu'à satisfaire leur nouvelle maîtresse mais, comme toujours, Catherine se montrait impatiente et présumait qu'une servante sût automatiquement ce qu'elle désirait, sans prendre seulement la peine de le lui exposer clairement.

Théola retrouva rapidement les bas, puis expliqua aux femmes de chambre comment leur maîtresse entendait être servie. Elles retrouvèrent aussitôt le sourire et s'affairèrent ; tandis que Catherine, se contemplant dans une psyché, retrouvait sa bonne humeur.

— Cette robe me va vraiment très bien. Je vois mal comment ce soir une autre femme pourrait m'arriver à la cheville.

— Vous les éclipserez toutes, dit Théola en toute sincérité.

— C'est bien ce que j'ai l'intention de faire. A l'avenir, je ferai venir toutes mes toilettes de Paris.

— Voilà qui pourrait coûter très cher.

Catherine eut un haussement d'épaules.

— On trouvera l'argent, vous pouvez en être certaine. Encore que le Premier ministre m'ait confié tout à l'heure que le pays a une grosse dette extérieure...

— J'espère que non !

Catherine regarda Théola avec étonnement.

— Et pourquoi cela vous inquiéterait-il ? Pour ma part, je ne m'en soucie guère !

— Les impôts seraient augmentés. J'imagine combien le peuple a dû payer pour construire ce gigantesque palais.

— Et alors ? Ils n'espéraient tout de même pas voir leur roi habiter dans une hutte !

Théola aurait pu répliquer que cette extravagante architecture était superflue dans un pays incapable de se doter d'un hôpital. Mais il était vain de parler de ces choses à Catherine qui ne se souciait que d'elle-même.

Elle revoyait le dénuement de la maison où elle avait transporté la petite blessée. Il n'y avait pour tout mobilier qu'une table de bois blanc et deux mauvaises chaises ; au premier coup d'œil, elle avait compris que la mère et l'enfant étaient sous-alimentées. Elle comprenait qu'il y eût de l'agitation parmi les Kavoniens, quand leur roi investissait d'énormes sommes d'argent dans son palais et ne faisait rien pour les plus déshérités de ses sujets.

Théola pria le ciel que les soldats lancés à la poursuite d'Alexius Vasilas ne le trouvent pas. Elle savait que, s'il l'avait regardée avec mépris, c'est qu'il la supposait complice du régime contre lequel il luttait. Jamais elle n'avait vu d'homme aussi beau ; il aurait pu être le modèle d'une sculpture d'Apollon tel que son père le lui avait décrit. « Rien de tout ce que les Grecs ont créé, disait Richard Waring, ne fut aussi magnifique que cet adolescent qui libéra l'âme humaine des ténèbres afin d'y faire entrer la lumière divine. »

« Est-ce là ce que Alexius Vasilas essaie de faire pour le peuple de Kavonie ? » se demanda-t-elle. Mais elle se reprocha une fois de plus son excès d'imagination. Peut-être après tout n'était-ce qu'un anarchiste, haïssant la loi et l'ordre et ne pensant qu'à installer le chaos sans rien proposer de constructif ? Pourtant, pouvait-on être aussi beau, ressembler ainsi à Apollon, sans compter parmi ceux qui apportent au monde « la gloire divine » ? « Un jour, peut-être accomplira-t-il ses desseins », pensa-t-elle en se demandant si elle le reverrait jamais.

Cela semblait très peu probable, car lorsqu'un peu plus tard elle se retrouva parmi dignitaires et courtisans, elle s'aperçut que tous étaient autrichiens.

— Vivez-vous dans ce pays depuis longtemps ? demanda-t-elle à une dame.

— Je suis arrivée en Kavonie il y a dix ans. Sa Majesté aime à être entourée de ses compatriotes.

— Et cela ne vous a rien fait de quitter l'Autriche ?

— Au début, il m'arrivait parfois d'avoir le mal du pays. Mais maintenant nous sommes plus nombreux, et la plupart d'entre nous sont apparentés. Et puis, ici, le climat est vraiment délicieux ; c'est le grand attrait de ce pays, comme je le dis souvent à mon mari !

Théola apprit que, une ou deux fois par semaine, le roi ou quelque courtisan influent donnaient un bal. Le palais avait son propre théâtre où se produisait une troupe entretenue à demeure ;

occasionnellement, des auteurs grecs ou italiens venaient en tournée à Zanthos.

— Nous formons une petite communauté très vivante, lui confia un courtisan, plus tard dans la soirée. Je suis certain, mademoiselle Waring, que vous n'allez pas manquer de distractions.

— Oui, j'espère avoir la possibilité d'explorer tout le pays.

L'homme parut surpris.

— Vous savez, tous les événements intéressants se passent dans la capitale, dit-il. Évidemment, il y a la chasse au sanglier, mais je doute que vous y preniez grand plaisir ; à la saison, nous allons également tirer le chevreuil et le chamois. Mais pour les dames, la cour est la principale source d'occupations ; et je puis vous assurer, mademoiselle Waring, que les nouvelles têtes, surtout si elles sont aussi jolies que la vôtre et, bien sûr, celle de notre future reine, y sont très appréciées.

L'assemblée comptait quelques jeunes Autrichiens, tous officiers. Mais Théola les trouva trop guindés. Elle devinait que, en dépit du respect qu'ils lui témoignaient parce qu'elle était la cousine de Catherine, ils n'étaient pas favorablement impressionnés par son apparence ou par la façon dont la traitaient ses parents. Elle avait par conséquent la certitude de n'être pour eux qu'une personne sans importance.

Elle ne s'était pas trompée. Très vite, les remontrances de Catherine, les réprimandes quasi insultantes du duc furent remarquées de ces Autrichiens snobs et soucieux de leur rang.

Vienne était connue pour son goût du protocole, si extrême que l'on pouvait à peine porter un verre à ses lèvres sans risquer d'enfreindre quelque règle de l'étiquette.

— Il paraît, lui dit Catherine, qu'à Vienne les dames doivent porter des gants même à table.

— C'est tout à fait ridicule et inconfortable! Cela a dû être institué par une reine qui avait de vilaines mains!

— L'impératrice Élisabeth aurait justement fait cette remarque, et cela a, paraît-il, choqué toute la cour!

— Eh bien, j'espère que vous n'allez pas instaurer cette pratique ici. Je suis certaine que cela ne plairait guère par cette chaleur.

— Il se peut que je l'envisage, dit Catherine avec hauteur.

Chaque jour, elle devenait plus arrogante; sans doute calquait-elle ses manières sur celles du roi. Toutes les fois qu'elle le rencontrait, Théola trouvait Sa Majesté ennuyeuse, infatuée et imbue de ses opinions. Elle réalisait parfois, non sans amusement, que le duc avait infiniment de peine à tolérer l'attitude condescendante de son futur gendre et l'ignorance totale où celui-ci tenait ses remarques, comme si elles étaient sans aucune importance.

Visiblement, tous les courtisans craignaient Ferdinand, et Théola était certaine que son régime était extrêmement rigoureux. Dans ses rapports avec les serviteurs ou les fonctionnaires subalternes, il était évident que le souverain ne prenait en compte que ses propres sentiments, à l'exclusion de tout autre.

Lorsqu'elle regagnait sa chambre, Théola y trouvait souvent les femmes de chambre pleurant à chaudes larmes et, même si jamais elle n'en fut directement témoin, elle soupçonnait Catherine de les frapper à coups de brosse à cheveux ou de quelque autre objet. Trop impatiente pour apprendre quoi que ce soit à ces pauvres femmes, elle tenait à ce que Théola soit à tout moment disponible. Et si celle-ci disposait de peu de temps au château, elle en avait encore moins au palais. Une chose pourtant la soulageait : sans doute ne retournerait-elle pas en Angleterre avec le duc après le mariage. Elle n'imaginait pas que Catherine puisse se passer d'elle.

Au bout de quelques jours, elle commença à se lasser de ne voir que les pièces luxueuses du palais et les jardins trop ordonnés qui l'entouraient.

— N'allons-nous jamais en ville ou dans la campagne ? demanda-t-elle au capitaine Petlos.

— Très rarement, et jamais à cette période de l'année. Les dames trouvent qu'il fait trop chaud pour sortir.

— J'aimerais aller faire une promenade à cheval dans la campagne, dit-elle avec un sourire.

— Peut-être l'occasion s'en présentera-t-elle après le mariage. Mais que vous en fassiez la suggestion maintenant susciterait des commentaires hostiles, car personne ici ne monte à cheval.

Théola soupira :

— Je vais peut-être vous paraître une enfant gâtée, mais à ne jamais quitter le palais, je me sens comme emprisonnée.

— Oui, j'éprouve souvent cette impression, moi aussi. Mais j'accompagne souvent le maréchal pour des tournées d'inspection à travers le pays.

— Il y a tant de choses que j'aimerais voir, dit-elle rêveusement.

Elle songeait aux montagnes, aux vallées fleuries, aux immenses forêts qui, avait-elle entendu dire, abritaient des ours, des lynx et des chats sauvages.

— Il vous faudra convaincre votre cousine, lorsqu'elle sera reine, d'organiser des pique-niques ou même des excursions, suggéra le capitaine.

Mais il savait parfaitement, Théola en était certaine, que ce genre d'activités n'intéresserait jamais Catherine. Régner sur cette petite cour, s'intéresser aux intrigues, aux bavardages, aux distractions artificielles la contenterait pleinement.

« J'ai tort de me plaindre, se dit Théola, alors que j'ai la chance de me trouver ici, et non pas au château de mon oncle. »

Ces derniers temps, elle n'avait guère vu le duc accaparé par ses nouvelles connaissances. Pourtant, deux jours avant le mariage, il la fit demander.

Aussi ce n'est pas sans appréhension qu'elle le rejoignit dans le salon de la reine.

Peut-être avait-il décidé de la ramener en Angleterre ?

— J'ai à vous parler, Théola.

— Je vous écoute, oncle Septimus.

— Je vais repartir le lendemain du mariage, et comme vous êtes très occupée, je n'aurai peut-être pas l'occasion de vous parler d'ici là.

— Sans doute, oncle Septimus.

Il ne semblait pas projeter de l'emmener avec lui ; quelque peu rassurée, elle attendit la suite.

— Vous allez demeurer en Kavonie jusqu'à ce que Catherine n'ait plus besoin de vous. Cependant, je tiens à ce qu'une chose soit bien claire.

— De quoi s'agit-il, oncle Septimus ?

— J'entends que vous vous conduisiez avec la plus grande réserve. Vous ne vous intéresserez à aucun homme, et ne permettrez à aucun homme de s'intéresser à vous.

Théola ouvrait de grands yeux.

— Je... je ne comprends pas.

— Je m'explique : que ce soit en Angleterre ou en Kavonie, vous vous trouvez toujours sous ma tutelle, et vous ne pouvez vous marier sans mon consentement. Consentement que je n'ai pas l'intention de vous donner !

— Tant que je serai ici, oncle Septimus ?

— Où que vous soyez. Comme je vous l'ai déjà dit, votre mère a déshonoré notre nom.

Comme Théola ne disait mot, il reprit avec plus de force :

— Jamais je ne m'abaisserai à expliquer à celui qui désirerait vous épouser que mon unique sœur, héritière d'une noblesse de sang, s'est déshonorée en épousant un homme qui était à peine plus qu'un laquais !

Le duc avait dans la voix un dégoût plus pénible encore à supporter que ses paroles. Théola dut faire un immense effort pour ne pas défendre son père.

— Ici, on vous considère comme ma nièce, et la cousine de Catherine, et je ne veux pas que l'on apprenne la consternante mésalliance de votre mère. En revanche, vous et moi sommes au courant. Et c'est pourquoi vous ne vous marierez pas,

Théola, afin de racheter les péchés de vos parents par le service et l'humilité, et ceci jusqu'à votre mort !

— Mais... oncle Septimus... commença Théola.

— Taisez-vous ! Vous m'obéirez, un point c'est tout. A la moindre incartade, j'ai donné ordre à Catherine de vous renvoyer immédiatement en Angleterre ! Et là, je vous châtierai en sorte que vous regretterez de m'avoir désobéi ! Est-ce bien clair ?

— Oui, oncle Septimus.

— C'est tout ce que j'avais à vous dire. Catherine a besoin de vous et c'est votre chance. Sinon vous ne seriez pas ici. Vous pouvez prouver votre gratitude de façon pratique, et c'est ce que je vous conseille de faire !

Sur ces mots, le duc tourna les talons et sortit. Théola se cacha le visage entre les mains. Elle ne voulait pas croire ce qu'elle venait d'entendre. Jamais elle ne se marierait, jamais elle ne goûterait à ce bonheur qu'avaient connu ensemble son père et sa mère. Il lui paraissait invraisemblable que le duc ne comprît pas quel homme d'exception avait été Richard Waring. A Oxford, tout le monde l'admirait pour son enseignement, et l'aimait pour lui-même. A sa mort, Théola avait reçu des centaines de lettres de condoléances qui faisaient état de ses grandes qualités, des lettres que jamais elle n'avait osé montrer à son oncle. Il aurait refusé de les lire, et sans doute l'aurait-il privée du plaisir de les conserver.

Tout ce qu'elle possédait jadis avait été soit vendu, soit jeté. Le duc ne lui avait permis d'apporter au château que ses vêtements personnels. De plus, la modeste somme que lui avaient laissée ses parents lui avait été confisquée.

Lors des préparatifs de départ pour la Kavonie, Théola avait demandé :

— Allez-vous me donner un peu d'argent, oncle Septimus ? Il m'en faudra un peu, je pense, pour mes besoins personnels.

— Quels besoins personnels ? avait questionné le duc d'une voix rogue.

— Eh bien... acheter de nouveaux vêtements de temps à autre, ou donner la pièce aux serviteurs.

— Comme vous ne serez vous-même guère plus qu'une camériste, les serviteurs n'attendront rien de vous. Quant à la toilette, Catherine se chargera certainement de vous fournir ce dont vous aurez besoin.

— Mais je ne peux tout de même pas partir le sac vide.

— En ce cas je vous conseille de laisser votre sac ici !

Théola s'était consolée de cette humiliation supplémentaire en pensant aux trois souverains qu'elle gardait cachés dans un petit coffret. Son père les lui avait offerts pour un anniversaire ; chacun d'eux commémorait une date importante de son existence. Le premier datait de 1855, année de sa naissance ; le second était frappé à la date de 1868, année où elle avait reçu la confirmation ; et le troisième était marqué à l'année où il les lui avait remis, celle de ses quinze ans.

— Lorsqu'il y en aura suffisamment, ma chérie, avait dit sa mère, nous les ferons monter en bracelet.

Mais elle n'en avait pas reçu d'autres, et ces trois souverains étaient tout l'argent qu'elle possédât. Elle avait décidé de ne jamais les dépenser, sauf en cas d'urgence. Pourtant, bouleversée par la fillette blessée, elle avait impulsivement abandonné une de ses précieuses pièces d'or dans la misérable masure.

Elle n'avait pas regretté ce geste. Cependant, que se passerait-il lorsqu'elle serait forcée de demander une robe neuve à Catherine, qui était aussi avare que le duc ou la duchesse ? « Peut-être me donnera-t-elle une de ses vieilles robes ? » se dit-elle pleine d'espoir. Elle s'imaginait vêtue d'une de ces robes magnifiques, prolongées d'une longue traîne, qui avaient stupéfié les dames de la cour.

Les crinolines étaient passées de mode depuis cinq ans ; à présent les pans de la robe étaient relevés sur une tournure et retombaient sur l'arrière en une cascade de volants, de nœuds, de boucles et de franges qui formaient une traîne des plus gracieuses.

Le soir, on gardait les épaules nues, et un étroit corselet moulait le buste ; Théola se disait souvent que son père aurait apprécié l'aspect hellénique de ces femmes dont la gorge, la taille mince étaient ainsi révélées.

Malheureusement, ses propres robes, selon les instructions de la duchesse, étaient trop larges et ne comportaient pas de traîne. La sévérité même de ces toilettes conférait à celle qui les portait une apparence humble et subalterne, effet de toute évidence voulu par la duchesse.

« Si seulement une bonne fée venait me donner un coup de sa baguette magique, pensait-elle en s'habillant pour le dîner, et m'offrait une robe qui épouserait mes épaules à la façon d'un nuage et cascaderait derrière moi comme une vague écumante. » Mais elle avait conscience de ressembler à une ombre dans sa robe terne, tandis que devant marchait une Catherine resplendissante, étincelante des bijoux offerts par le roi.

— Plus que deux jours ! s'exclama sa cousine comme elles montaient se coucher au terme de cette soirée où une représentation théâtrale, puis un bal avaient succédé au dîner.

— Vous avez hâte d'être au jour de votre mariage ? demanda Théola.

— Je serai reine !

— Et vous pensez être... heureuse avec le roi Ferdinand ?

Théola avait formulé sa question avec hésitation, espérant que Catherine n'y verrait pas une impertinence.

— Je le trouve agréable, répondit celle-ci après un instant. Et puis j'admire la façon dont il gouverne ce pays.

— Il vous en a parlé ?

— Il m'a dit que le peuple doit être tenu par une main de fer. Ces gens sont en partie d'origine grecque, et donc très passionnés.

— Mais il s'agit de leur pays ! objecta Théola sans réfléchir.

— Au contraire, le pays appartient à Ferdinand. Il m'a expliqué combien il a œuvré déjà pour améliorer aux yeux du monde l'image de la Kavonie.

— De quelle manière ?

— Les autres monarques le considèrent avec respect. Après tout, il suffit de voir ce qu'il a réalisé en douze années de règne seulement.

— Qu'a-t-il fait ?

— Vous avez vu ce palais ? A son arrivée, c'était presque une ruine, et la ville elle-même n'était qu'un ramassis de maisons misérables, sans même un magasin digne de ce nom. Lorsqu'une dame avait besoin de ruban ou de dentelle, elle devait les faire venir de Naples ou d'Athènes !

Théola ne répondit pas. Il n'y avait rien à dire. Catherine ne se souciait pas des sentiments ou des souffrances des Kavoniens ; et d'ailleurs Théola elle-même n'en savait que peu de chose. La pièce misérable qu'elle avait entrevue dans les faubourgs de Zanthos, et ce qu'elle avait entendu dire de l'agitation des gens de la campagne, était tout ce qu'elle connaissait de la situation.

— Il faut que j'aille me coucher, reprit Catherine. Je ne tiens pas à être fatiguée demain pour accueillir les invités qui arrivent pour la cérémonie.

— N'avez-vous pas un peu le trac ?

— Et pourquoi l'aurais-je ? Vous savez bien, Théola, que j'ai toutes les qualités d'une reine, et que je serai une très belle mariée.

— Oui, certainement.

— La cathédrale n'est pas très grande, mais j'espère que tout le monde réussira à y entrer.

— Mais je pensais que les Kavoniens suivaient le culte orthodoxe grec ? fit Théola avec étonnement.

— Oui, je crois, dit Catherine avec indifférence. Mais le roi est catholique. Et il a décidé de se marier dans la cathédrale. Elle est bien plus impressionnante que l'église catholique qui est toute petite.

— Mais en a-t-il le droit ?

— Ferdinand a tous les droits ! Évidemment, comme l'on s'y attendait, ce vieil idiot d'archevêque a refusé de participer à la cérémonie ; de dépit, il est allé s'enfermer dans son monastère, en pleine montagne !

Catherine riait avec mépris.

— Il est probable que la célébration d'un sacrement catholique dans une cathédrale orthodoxe irritera les Kavoniens, objecta Théola.

— Quelle importance ? Le mariage sera célébré, quel que soit l'officiant, et ensuite je serai couronnée reine.

Théola ne dit rien. Elle était certaine que si le roi investissait la cathédrale pour son mariage et y faisait entrer les prêtres d'un culte différent, cela constituerait une insulte sans précédent.

Catherine se dirigeait vers sa chambre où les servantes l'attendaient pour l'aider à se déshabiller.

— Après mon mariage, je ferai changer les rideaux de cette chambre. Le rose ne me va pas si bien au teint. Un bleu conviendrait mieux. Et puis ces sofas ne sont pas assez confortables à mon goût.

— Est-ce que cela ne coûterait pas très cher de refaire cette pièce ?

— Quelle importance ? Les fournitures viendront de Vienne ou de Paris. Je serais aussi très tentée par un chandelier en verre vénitien.

Catherine s'immobilisa et attendit que Théola lui ouvre la porte de sa chambre. C'est alors que la porte opposée s'ouvrit à la volée. Se retournant, les deux jeunes filles découvrirent le duc debout sur le seuil. Il était toujours en tenue de soirée, la poitrine ornée de décorations parmi lesquelles l'ordre de la Jarretière. L'expression que Théola vit sur son visage lui coupa le souffle.

— Vite, Catherine ! cria-t-il. Passez votre tenue de cheval. Nous partons immédiatement.

— Nous partons ? Mais comment cela, papa ?

— Vous et le roi allez être conduits en lieu sûr. Il n'y a pas de temps à perdre !

— Mais pourquoi ? Ne sommes-nous pas en sécurité ici ?

— Une révolution vient d'éclater. Le Premier ministre estime que cela ne se réglera pas en un jour ou deux. Le gouvernement ne veut pas que le roi ou vous-même couriez un risque quelconque.

— Papa ! Papa ! gémit Catherine perdant toute contenance, le visage tordu par la peur.

— Faites ce que je vous dis, Catherine ! tonna son père. Allez-vous mettre en tenue de cheval et soyez prête dans cinq minutes.

Catherine poussa un petit cri terrifié. Comme le duc tournait les talons, Théola lui demanda :

— Est-ce que j'accompagne Catherine, oncle Septimus ?

Il la considéra par-dessus son épaule.

— En tant que sujet britannique, vous ne courez aucun danger, dit-il d'un ton indifférent. Vous allez rester ici. Quelqu'un veillera sur vous.

[illegible]
le petit [illegible]
[illegible]
de chef il. Voilà pourquoi [illegible]
[illegible]
[illegible] par une bande de [illegible]

3

Trépignant d'impatience, Catherine enleva ses longs gants et les jeta à terre.

— Vite, Théola ! Délacez-moi cette robe ! Mais dépêchez-vous donc, idiote !

Les femmes de chambre s'étaient volatilisées. Après avoir aidé Catherine à enlever ses jupons, Théola courut à la garde-robe afin de chercher une tenue de cheval. Elle prit d'abord un ensemble rose.

— Pas cette couleur, petite sotte ! Elle est bien trop voyante. Je ne tiens pas à me faire tuer. Donnez-moi quelque chose de sombre !

Théola choisit alors une tenue de velours bleu foncé qu'elle aida Catherine à enfiler.

— Mais comment pouvez-vous être aussi lente ? Et maintenant passez-moi mes bottes ! Mes gants ! Mon chapeau ! Ah, et il faut que j'emporte mes bijoux ! Pour l'amour du ciel, comment peut-on être aussi maladroite ?

Insultant Théola, gesticulant sans cesse au point qu'il était difficile d'ajuster l'habit, elle finit pourtant par être prête. Elle se tourna vers le miroir et arrangea sa coiffure sous son haut chapeau maintenu par une bande de mousseline.

— Je me demande ce que fait la troupe... Laisser ces révolutionnaires renverser le gouvernement, c'est impensable !

— Est-ce que Sa Majesté s'attendait à une insurrection ? interrogea Théola.

— Il m'a confié qu'il pourrait y avoir quelque agitation, mais je ne me doutais pas que ma vie serait menacée. Oh, Théola, jamais je n'aurais dû venir dans ce pays ! Pourquoi ne suis-je pas restée en Angleterre ? J'ai peur, j'ai si peur !

— Je suis sûre que tout va s'arranger, dit Théola d'une voix apaisante. Le roi va prendre soin de vous. D'ailleurs ne vous conduit-il pas en lieu sûr ? Et puis sa garde personnelle est là pour vous protéger.

— Oui, ce sont tous des Autrichiens, répondit Catherine quelque peu rassurée. Le roi m'a expliqué qu'il les a triés sur le volet et qu'il leur fait entièrement confiance.

— Vous voyez que tout va bien se passer. Vous ne serez pas longtemps partie.

— Je me demande où nous allons, se lamenta Catherine. Et si j'étais blessée ?

Le visage blême, elle tremblait de peur.

— Je suis certaine que le roi prendra grand soin de vous, répéta Théola.

— Catherine ! Êtes-vous prête ? cria une voix dans le salon.

— J'arrive, papa, fit Catherine en ramassant ses gants.

Et elle sortit de la chambre sans un mot, sans un regard pour Théola.

— Dépêchez-vous ! Le roi nous attend. Pourquoi les femmes mettent-elles aussi longtemps pour se changer ?

— Vous venez avec nous, papa ?

— Évidemment. Faites vite ! Des chevaux nous attendent dehors.

Immobile au milieu des vêtements épars, Théola entendit les voix décroître. Le plancher était jonché d'accessoires à maquillage que Catherine avait renversés en cherchant ses bijoux dans les tiroirs de sa coiffeuse. Sur le dossier d'une chaise était posé le costume rose qu'elle avait refusé. Machinalement Théola se mit à ramasser tous ces effets pour les remettre en place.

Elle se demanda où le roi et Catherine allaient se réfugier, et pencha pour la Grèce. Zanthos ne se trouvait qu'à deux heures de la frontière de ce pays ; pour se rendre en Albanie, il leur aurait fallu parcourir une plus grande distance et franchir plusieurs cols.

Étudiant la carte avant le départ, elle s'était aperçue que, si le pays était plus ou moins entouré de montagnes, celles qui le séparaient de l'Albanie étaient bien plus élevées et difficilement franchissables. Sans doute était-ce la raison qui avait découragé les Turcs d'annexer la Kavonie.

La seule solution était de s'embarquer au port de Khévéa. Mais les révolutionnaires, prévoyant cette éventualité, devaient se tenir prêts à y intercepter le roi. Elle ne ressentait aucune amertume d'avoir été laissée en arrière. Elle ne s'en étonnait même pas, et puis, comme l'avait dit le duc, elle était anglaise et il était peu probable que les révolutionnaires décident de l'abattre, pour peu qu'elle ait le temps de faire état de sa nationalité. « Je me draperai dans le drapeau britannique », pensa-t-elle en souriant.

Puis elle se dit que, loin d'être amusante, sa situation était peut-être préoccupante. Cependant, si peu soucieux qu'il fût du bien-être de sa nièce, le duc avait certainement chargé quelqu'un de s'occuper d'elle. Le palais abritait des dignitaires et des courtisans qui se garderaient bien d'offenser leur future reine en négligeant sa cousine et demoiselle d'honneur.

« Inutile d'aller chercher quelqu'un, se dit-elle. On sait que je suis ici, et dès que la situation se sera un peu clarifiée, on me dira ce que je dois faire. »

Lorsque la chambre fut rangée, elle gagna le salon et songea pour la première fois à explorer la suite royale. Les appartements de la reine et du roi communiquaient, de sorte qu'ils n'avaient pas à passer, pour se retrouver, par la galerie centrale où des sentinelles montaient la garde en permanence. Sans bruit, elle ouvrit la porte par laquelle le duc était entré dans le salon de Catherine. Elle donnait sur une très agréable antichambre, exiguë mais décorée d'une délicieuse collection de porcelaines. Théola décida de s'y attarder dès qu'elle en aurait le loisir, mais pour lors elle voulait poursuivre son exploration. Elle ouvrit la porte opposée et entra dans le salon du roi. Il était plus vaste que celui de la reine, et plus austère. Au centre était installé un immense bureau, sur lequel reposait un volumineux encrier d'or. Deux murs étaient tendus de très belles tentures ; sur les deux autres étaient accrochés les inévitables portraits de la famille des Habsbourg où l'on reconnaissait l'expression dédaigneuse du roi Ferdinand.

Un portrait de l'impératrice Élisabeth occupait le côté du manteau de la cheminée. On disait qu'elle était la plus belle femme d'Europe, ce dont Théola ne disconvenait pas. Cependant la rumeur courait qu'elle n'était guère heureuse à la très stricte et très austère cour de Vienne. « Cela ne m'étonne pas, se dit Théola en considérant le joli visage de la souveraine. François-Joseph est aussi vaniteux que Ferdinand. »

Elle marcha jusqu'au bureau ; le roi n'y avait-il jamais signé la grâce d'un de ses sujets ? Depuis son arrivée en Kavonie, elle s'était aperçue combien la cour était coupée du peuple. L'extrême dénuement de la maison où elle avait transporté la fillette blessée lui revenait sans cesse en mémoire, de même les ruelles sordides avec leurs volets fermés, et ce silence qui contrastait avec l'animation des autres quartiers de la ville.

Elle aurait aimé parler avec le capitaine Petlos de ce qui était survenu ce jour-là, mais depuis son arrivée à Zanthos elle ne s'était jamais trouvée seule avec lui. A n'en pas douter, il avait reconnu Alexius Vasilas dès l'instant où celui-ci était venu chercher la petite. Ne lui avait-il pas dit dans un souffle : « Êtes-vous fou ? Si jamais on vous reconnaît, vous serez abattu sans sommation ! » Comme toute l'armée, il avait reçu l'ordre de tirer à vue sur le révolutionnaire, et pourtant il avait non seulement désobéi, mais également prétendu que celui-ci était le père de l'enfant. « Peut-être Alexius Vasilas en est-il vraiment le père », se dit Théola, puis elle estima la chose peu probable. Cette fillette avait une apparence assez ordinaire ; certes elle était mignonne comme le sont tous les enfants de cet âge, mais elle ne possédait rien de l'exceptionnelle beauté de Vasilas.

Pourquoi alors avait-il pris tant de risques pour secourir une fillette par hasard dans la rue ? Théola n'y voyait pas d'explication, à moins qu'il ne se sentît responsable de ces gens qui le soutenaient.

L'horloge sonna onze heures. Il était tard, et personne encore n'était venu trouver Théola. Peut-être son oncle avait-il omis de la confier à quelqu'un ? Les habitants du palais devaient être couchés, à moins qu'ils n'aient tous quitté les lieux. Pour la première fois elle envisagea cette éventualité. Se pouvait-il que tout le monde fût parti ? Cela semblait peu probable, cependant le palais était bien silencieux.

Elle écarta le rideau de velours de la fenêtre. Le salon du roi donnait sur les jardins et non sur la façade du palais ; seuls, le ciel piqueté d'étoiles et les contours indécis des statues qui ornaient les terrasses s'offraient à sa vue. Elle resta un long moment à contempler les cieux. La voûte nocturne faisait paraître le monde bien petit et insignifiant. Peut-être le paradis se trouvait-il sur une de ces planètes lointaines avec lesquelles aucune communication n'était possible. Pourtant, elle était certaine que son père et sa mère n'étaient pas loin d'elle. Comment son père aurait-il pu ignorer qu'elle se trouvait tout près de la Grèce, ce pays qu'il avait aimé pardessus tout ?

« Quoi qu'il puisse arriver, papa, il ne faut pas que j'aie peur. Je dois ne pas être lâche, et ne pas crier, même si je souffre. »

Elle se rendait compte que Catherine n'avait fait preuve d'aucun courage; pourtant les soldats de son escorte étaient en droit d'attendre d'elle, comme du roi, une bravoure exemplaire face au danger qu'ils pourraient rencontrer.

« Je ferais peut-être mieux d'aller voir s'il y a quelqu'un dans les environs », décida Théola en regagnant le centre de la pièce. Elle atteignait le bureau du roi quand elle entendit des bruits de pas, des voix provenant de la galerie. Elle s'immobilisa et tendit l'oreille. Brusquement, les doubles portes s'ouvrirent à la volée et plusieurs soldats, le fusil braqué, apparurent sur le seuil. Le cœur battant de Théola battait à rompre. Pourtant, elle parvint à garder un calme apparent et, appuyée contre le bureau, elle demeurait immobile, levant la tête avec fierté.

Comme s'ils cherchaient quelqu'un, les soldats inspectèrent la pièce des yeux, et Théola vit qu'ils portaient l'uniforme de l'armée kavonienne. Elle allait s'adresser à eux, lorsqu'un homme se fraya un passage à travers le groupe. Il portait un uniforme, et Théola n'en crut pas ses yeux: il s'agissait d'Alexius Vasilas. Oubliant ce qu'elle s'apprêtait à dire, elle ne put que le regarder venir à elle.

— Où est le roi ? interrogea-t-il en allemand.

Alors, il la reconnut.

— Où est le roi ? répéta-t-il, cette fois dans la langue de Théola.

— Il a quitté le palais, répondit-elle.

— Il y a combien de temps ?

— Que faites-vous ici ? Et pourquoi cet uniforme ?

— Je représente le peuple de Kavonie, et c'est moi à présent qui commande son armée.

Il parlait d'un ton agacé comme s'il lui déplaisait d'être ainsi questionné. Avant que Théola ait pu parler, il reprit :

— Je dois vous demander à quelle heure le roi a quitté le palais.

— Il y a longtemps.

— Une heure ? Deux heures ?

Théola jeta un coup d'œil à l'horloge, puis, après un temps de réflexion :

— Peut-être une heure et demie. Je n'en suis pas certaine. Je ne l'ai pas vraiment vu partir.

— J'imagine que sa future femme est partie avec lui ?

— C'est exact.

— Et ils vous ont laissée ici ! Pourquoi ?

— Je ne suis pas très importante, et mon oncle avait la certitude qu'étant britannique, je ne serais pas inquiétée.

— Mais comment donc ! ironisa Alexius Vasilas. Il est peu probable que vos compatriotes se soucient de nos problèmes, à supposer qu'ils en entendent parler. Et puis, bien sûr, un ressortissant britannique est intouchable !

— Je vous remercie de me donner cette assurance.

— Si vous ne courez aucun risque, vous allez en revanche demeurer enfermée dans votre chambre. Ce n'est pas celle-ci, j'imagine ?

— Non, ma chambre est à côté.

— En ce cas, installez-vous dans les appartements de la reine et restez-y jusqu'à nouvel ordre. Je m'occuperai de votre situation plus tard.

Théola se dit qu'il lui parlait comme à une jeune recrue. Jugeant son attitude méprisante, elle se contenta de lui faire une petite révérence, et sortit d'un pas tranquille, la tête droite. Tout en regagnant les appartements de la reine, elle l'entendit donner à ses hommes des ordres brefs et, bien qu'elle ne les comprît pas, elle supposa qu'il avait l'intention de tout faire pour rattraper les fuyards.

Arrivée dans le salon de la reine, elle referma la porte et s'assit sur une chaise.

Alexius Vasilas venait de réussir un coup d'Etat et une large part de l'armée s'était rangée sous ses ordres. Cela signifiait que le roi ne pouvait plus compter que sur ses soldats autrichiens. L'armée employait cependant un certain nombre de mercenaires — Théola tenait ce renseignement du capitaine Petlos —, des mercenaires qui très probablement resteraient fidèles au roi plutôt que de se joindre aux insurgés. Il se pouvait aussi que le roi Georges de Grèce décide de venir en aide à Ferdinand.

« Il va y avoir beaucoup de sang versé ! » pensa Théola. Au lieu des bannières et des fleurs, au lieu des festivités du mariage, Zanthos allait connaître l'atrocité d'une guerre civile. Il n'était pas possible d'imaginer que tous les Kavoniens pencheraient pour Alexius Vasilas. Boutiquiers, artisans, et tous ceux qui contribuaient par leur travail aux fastes du palais, pouvaient perdre beaucoup avec la disparition du monarque.

« Comme je hais les guerres... toutes les guerres ! » se dit Théola.

Pourquoi cet Alexius Vasilas, à l'image d'Apollon, ne tentait-il pas de gouverner comme le dieu, sans armée, sans marine, mais par la seule puissance de sa beauté qui suscitait l'amour.

Toujours assise dans le salon, elle se rendit compte soudain que la nuit était déjà fort avancée, mais elle renonça à se coucher. Le chef des insurgés pouvait à tout moment venir lui parler et elle aurait été embarrassée qu'il la trouvât au lit.

Elle était cependant très lasse. A la fatigue d'une longue journée passée à servir Catherine, s'ajoutaient les émotions des dernières heures et l'angoisse de l'avenir.

Elle somnolait sur sa chaise lorsque l'on frappa à la porte. Elle se redressa en hâte et vit apparaître non pas Alexius Vasilas, mais la femme d'un certain âge qui veillait à ses besoins depuis son arrivée au palais. Après de si longues heures de solitude, Théola en ressentit une grande joie.

— Magara ! Je suis si heureuse de vous voir ! Qu'est-il arrivé ? Que se passe-t-il dehors ?

Avant que la servante ait refermé la porte, Théola eut le temps d'apercevoir une sentinelle dans le couloir.

— C'est le général qui m'envoie, Fräulein.

— Le général ?

— Le général Vasilas, Fräulein.

— C'est un général ?

— Il est à la tête de l'armée. Ils ont pris la ville, Fräulein, dit Magara en souriant. Nous sommes tous très heureux. Nous attendions cela depuis si longtemps !

— Vous souhaitiez une révolution ? fit Théola incrédule.

— Nous voulions qu'Alexius Vasilas soit à la place qui lui revient, Fräulein. Et sa place, elle est ici.

L'expression de Magara changea, comme si elle regrettait d'en avoir trop dit.

— Je ne devrais pas parler ainsi, Fräulein, reprit-elle d'une voix sourde. Il faut me pardonner si je m'oublie un peu.

— Mais je tiens à ce que vous me disiez la vérité.

— Le général a dit qu'il fallait que je reste ici et que je veille sur vous.

— Il ne va pas venir me voir ?

— Non, Fräulein. Le général a beaucoup à faire. Il n'est pas au palais en ce moment.

On frappa à la porte. Magara alla ouvrir.

— Je vous ai commandé une boisson chaude, Fräulein.

— C'est très gentil, Magara.

La femme revenait avec un bol fumant. Cette fois Théola avait aperçu deux sentinelles par l'entrebâillement. « Je suis prisonnière », se dit-elle. Elle était cependant reconnaissante au général Vasilas de l'avoir confiée à Magara.

Elle but le potage brûlant qui lui fit le plus grand bien. Maintenant, avec Magara auprès d'elle, Théola avait moins peur.

— Allez-vous coucher, Fräulein. Il se passera beaucoup de choses demain, peut-être des combats.

— J'espère que non !

— Quand j'étais enfant, j'ai perdu tous les miens lors d'un soulèvement et j'espère ne pas revoir ces atrocités.

— Pensez-vous que le roi a suffisamment de troupes pour combattre le général Vasilas ?

— Je n'en sais rien, Fräulein. Pourquoi n'êtes-vous pas partie avec votre oncle et votre cousine ?

Théola sourit :

— Tout simplement parce qu'ils n'ont pas voulu de moi. Le roi était très pressé, et il ne pouvait prendre avec lui que lady Catherine et le duc. Mais il doit rester des gens au palais qui s'occuperont de moi.

— Beaucoup sont partis, Fräulein, et les autres font leurs bagages. Le général leur a ordonné de quitter le palais.

— A tous ?

— A tous les Autrichiens, Fräulein, c'est-à-dire tout le monde, sauf les serviteurs.

Théola se dit qu'Alexius Vasilas était plutôt expéditif.

— Et ils partent sans protester ? demanda-t-elle au bout d'un moment, songeant à tous ces gens en uniformes, pleins de superbe, qu'elle avait vus à la cour.

— Tous ont rendu leur épée, Fräulein. Elles sont entassées au milieu de l'entrée, et plusieurs sentinelles y montent la garde.

Théola garda le silence et après un moment, Magara lui dit :

— Allez, venez vous coucher, Fräulein. Vous dormirez dans le lit de la reine, et, si vous le permettez, je m'installerai dans votre chambre.

Théola voulut objecter que le lit d'une reine était une couche trop grandiose pour elle. Puis elle se dit que Magara ne pourrait jamais se résoudre à y dormir elle-même.

— Oui, bien sûr, Magara. C'est une bonne idée.

Elle crut d'abord qu'il lui serait impossible de dormir. Mais son épuisement, auquel s'ajoutait l'effet apaisant du potage brûlant, la fit sombrer dans un profond sommeil dès que sa tête toucha l'oreiller.

Elle fut réveillée en sursaut par un bruit de bottes et des ordres lancés sous sa fenêtre.

C'était la relève de la garde, il devait donc être sept heures du matin. Comme elle s'asseyait dans son lit, Magara entra dans la chambre.

— J'ai pensé que les soldats vous réveilleraient, Fräulein. Aussi, je vous ai apporté votre petit déjeuner.

Théola vit sur le plateau du beurre, du miel et des petits pains ; elle sentit l'arôme du café. C'était le petit déjeuner traditionnel qu'on lui servait depuis son arrivée au palais. Devançant sa question, Magara expliqua :

— Le personnel des cuisines fonctionne normalement. Tous les cuisiniers sont kavoniens, à l'exception du chef qui a disparu. On le croit parti avec le roi. C'était un grand peureux !

Cette remarque fit rire Théola.

— Que se passe-t-il dehors, Magara ? demanda-t-elle en versant son café.

— Une foule de choses, Fräulein. Il y a des soldats partout, avec de nouveaux officiers.

— Des Kavoniens, je suppose ?

— Oui, des partisans, Fräulein, des compagnons du général qui se cachaient avec lui dans la montagne.

— C'était donc là qu'il vivait ?

— Il lui arrivait de descendre en ville, Fräulein.

C'était dangereux, très dangereux, et nous avions peur pour lui.

— Vous étiez donc au courant quand il se risquait en ville ?

— Il venait se montrer pour nous donner espoir, Fräulein, l'espoir qu'un jour nous serions libres !

Théola beurra un petit pain avant de demander :

— Est-ce que le général est marié ?

— Non, Fräulein. Nous avons toujours cru qu'il allait épouser sa cousine, la princesse Athene Vasilas, mais comment un homme pourrait-il se marier quand il n'a pas de maison et que sa tête est mise à prix ?

— Les Autrichiens ont donc offert une prime à qui le livrerait ?

— Une très grosse somme ! Mais personne n'a jamais trahi Alexius Vasilas. Il a toujours été notre seul espoir en un avenir meilleur.

— Et à présent ?

— A présent nous sommes tous très heureux, Fräulein. Pourtant nous avons peur de n'avoir pas suffisamment d'armes, de canons pour nous défendre.

Théola, songeuse, ne répondit rien. Au bout d'un moment, Magara reprit avec flamme :

— Vous comprenez, Fräulein, nous sommes très pauvres ! Les pistolets, les fusils, les balles et la poudre, tout cela coûte cher ! Et pourtant, depuis des années, chacun de nous donne tout ce qu'il peut.

— Vous voulez dire que depuis longtemps vous versez de l'argent à la cause commune ?

— Depuis neuf ans. Depuis le jour où Alexius Vasilas est revenu en Kavonie.

— Il en était parti ?

— Sa mère et lui ont été envoyés en exil quand Ferdinand est monté sur le trône. Vasilas n'était encore qu'un adolescent, mais le roi craignait que le peuple ne se soulève pour le destituer.

— C'est pourquoi on les a bannis.

— La princesse, sa mère, est morte en Italie, je crois. Et lorsque Alexius Vasilas est devenu un homme, il est revenu.

— C'était il y a neuf ans ?

— Oui. Il avait vingt et un ans. La nouvelle de son retour a fait naître l'espoir dans le cœur des Kavoniens. C'était comme une lumière qui luit au plus profond des ténèbres !

Après ce récit, il fut impossible à Théola de rester au lit quand tant d'événements se précipitaient, auxquels elle aurait voulu participer. Pourtant, lorsqu'elle fut habillée, Magara lui rappela qu'elle n'avait pas le droit de quitter le salon.

— Ne puis-je au moins aller voir ce qu'il se passe dans la cour, de l'autre côté du palais ? supplia-t-elle.

Magara transmit la demande aux sentinelles qui refusèrent.

— Ils ont des ordres, Fräulein. Vous n'êtes pas autorisée à sortir.

Théola se résigna. Les paisibles jardins baignés de soleil qu'elle voyait de sa fenêtre étaient une bien pauvre compensation lorsqu'elle imaginait l'effervescence qui devait régner de l'autre côté du palais. Désœuvrée, elle ouvrit quelques-uns des livres du salon, tous écrits en allemand, mais ne parvint pas à s'y intéresser.

Une douzaine de fois, elle envoya Magara aux nouvelles. Celle-ci remontait avec des bribes d'information que Théola s'efforçait d'agencer comme les pièces d'un puzzle.

— Tous les Autrichiens ont dû fuir, Fräulein, tous, jusqu'au dernier ! Les dames pleuraient et se lamentaient, les messieurs juraient !

— Où sont-ils partis ?

— Le général a réquisitionné un bateau qui les transportera à Naples. Leur malheur est qu'ils n'ont pu prendre avec eux qu'une très petite partie de leurs biens. Beaucoup s'étaient énormément enrichis en Kavonie.

— De quelle manière ?

— Ils touchaient des pots-de-vin.

— Qui les leur versait, et dans quel but ?

— Les négociants, les manufacturiers, tous les étrangers qui importaient des choses susceptibles d'intéresser le roi. Ils ne pouvaient être introduits auprès de Ferdinand sans l'appui des chambellans, des secrétaires ou des courtisans.

— Eh bien, il faut espérer que ce qu'ils ont laissé sera bien utilisé.

— Cela le sera, Fräulein, vous pouvez en être certaine. Le général a assuré que quiconque pillerait une maison serait très sévèrement puni.

— Et il va être écouté ? demanda Théola en pensant à tous les récits qu'elle avait lus sur les soldats pillant, incendiant et dévastant les pays conquis.

— On lui obéira, parce que les gens savent qu'il comprend leurs sentiments et combien ils ont souffert dans le passé.

Peu à peu Théola se rendait compte que parler de souffrances endurées par le peuple n'était pas exagéré. Tout homme possédant une petite exploitation agricole était tenu de remettre chaque année la moitié de sa récolte et de son bétail au bailli du roi. A dix-sept ans, les jeunes hommes devaient rejoindre l'armée. Et lorsque leurs parents étaient trop âgés pour cultiver leurs terres, celles-ci étaient confisquées.

La nourriture coûtait très cher ; les habitants de Zanthos étaient fréquemment sous-alimentés parce que incapables de payer les prix exorbitants demandés par des marchands surchargés de taxes diverses.

Théola comprit que toute l'économie du pays était gérée au profit du roi. Pour satisfaire ses caprices, que ce soit un agrandissement du palais ou la construction d'un nouveau pavillon de chasse dans la montagne, les fonds nécessaires étaient en grande partie soutirés aux paysans.

Rien de surprenant à ce qu'ils aient vu en Alexius Vasilas le libérateur qui briserait leurs chaînes et leur rendrait la liberté qu'ils avaient connue avant que ce roi autrichien monte sur le trône.

Magara rapporta que Zanthos était en fête.

— On danse et on chante dans les rues. Même les soldats portent des fleurs à leur chapeau, et le général a fait distribuer des vivres à ceux qui sont trop pauvres pour en acheter.

Théola se sentait très triste de ne pouvoir ni participer ni même assister à ces événements. Magara lui servit son dîner, mais elle n'avait pas le cœur à manger et repoussa son assiette après quelques bouchées.

— Vous n'avez pas faim, Fräulein ? demanda la servante sur un ton de reproche.

— Je veux voir le général. Je ne vais pas rester enfermée indéfiniment.

— C'est qu'il est très occupé, Fräulein. Peut-être passera-t-il vous voir demain.

Théola supposa que le lendemain serait probablement une nouvelle journée de confinement et de solitude dans cette prison dorée. Elle ne s'était pas trompée : le jour suivant fut identique au premier.

— Quelles sont les nouvelles ? Je vous en prie, Magara, dites-moi ce qu'il se passe !

— J'ai cru comprendre, dit Magara en servant le déjeuner, que le roi a atteint la frontière et que les troupes qui lui sont fidèles y sont concentrées.

— Où exactement ?

— Quelque part sur la frontière grecque. Le soldat qui nous a révélé cette information n'en savait pas plus ; le général ne confie pas ces choses-là à tout le monde, Fräulein.

— J'aimerais bien qu'il m'en fasse part, à moi. Essayez d'en savoir plus, Magara.

Magara fit de son mieux, mais sans grand succès.

— Est-ce qu'il y a des combats ? demanda Théola un peu plus tard.

— Quelques escarmouches entre les nôtres et les mercenaires qui voulaient rejoindre le roi, mais rien de bien sérieux.

En fin d'après-midi, Magara annonça :

— Le général aurait donné ordre à tous les habitants des environs de se réfugier en ville. Les fermiers y conduisent leur bétail ; on rassemble les troupeaux sur la place du marché.

— Je me demande pourquoi, songea Théola à voix haute.

Magara ne put lui en apprendre plus ; bien qu'elle fût une femme intelligente, elle ne pouvait dire que ce qu'elle avait vu ou entendu, et Théola ne put que se perdre en conjectures sur la stratégie du général.

Elle venait de finir son dîner quand elle entendit des cris monter par la fenêtre ouverte. Elle se pencha à l'extérieur pour en localiser la source.

— J'entends des cris d'enfant, dit-elle à Magara qui repliait la nappe.

— Oui, Fräulein, il y a des enfants à l'étage du dessous.

— Des enfants ?

— Plusieurs ont été perdus ou blessés lors des combats de rue, au début de l'insurrection.

— Je ne savais pas que l'on s'était battu en ville.

— Oh, cela n'a pas duré. Quand le général est entré en ville, les sentinelles autrichiennes ont fait feu sur lui ; dès qu'elles se sont aperçues du nombre des déserteurs dans l'armée du roi, elles se sont rendues ou enfuies.

— Et des enfants ont été blessés dans l'engagement ? fit Théola comme en se parlant à elle-même.

— Le général les a rassemblés ici en attendant que l'on retrouve leurs parents. Ils ne sont pas très nombreux, précisa Magara en prenant son plateau. Si vous n'avez plus besoin de moi, Fräulein, j'aimerais sortir un peu. Il y a des bals et des fêtes en ville.

— Bien sûr, Magara. Amusez-vous bien ! Comme j'aimerais vous accompagner !

— Le général ne serait pas content, Fräulein !

Magara fit une révérence et alla frapper à la porte pour que la sentinelle lui ouvre. Théola soupira. Si le général voulait la punir à cause de sa nationalité, il y était parvenu. Il lui était intolérable de demeurer seule et de savoir si peu de chose sur ce qu'il se passait à l'extérieur de ces deux pièces à la décoration trop chargée.

« Papa aurait honte de me voir incapable de me suffire à moi-même, incapable d'entendre le message qui résonne dans le silence », se dit-elle.

Elle ouvrit les rideaux. Une lueur vive éclaira le ciel nocturne. Zanthos en fête tirait des feux d'artifice. Il y eut une nouvelle lueur, et elle comprit que les fusées n'étaient visibles que de l'autre côté du palais. Elle laissa errer son regard vers les étoiles, puis sur les jardins dont les fleurs parfumaient la nuit chaude. Des pleurs d'enfant retentirent de nouveau, plus insistants que tout à l'heure. « Quelqu'un, sûrement, va venir le calmer. » Elle attendit, mais les cris de l'enfant ne s'apaisaient pas. Elle avait du mal à imaginer que le général ait pu laisser ces enfants sans surveillance, mais une chose était sûre : la personne qui s'en occupait n'était guère consciencieuse.

« Je pourrais peut-être arriver jusqu'à eux », se dit-elle. Elle se souvint que la porte de sa première chambre donnait sur un couloir secondaire, et non sur la galerie centrale. Si le général Vasilas avait pensé à poster des gardes dans la galerie, peut-être avait-il oublié d'en placer devant la porte de la demoiselle d'honneur.

Elle gagna la chambre de Magara. La porte du couloir n'était pas fermée à clé. Tout doucement elle l'ouvrit. Il n'y avait pas de garde. Elle sortit et referma la porte. Ce corridor traversait perpendiculairement la galerie et il était désert. A pas de loup, elle s'avança et risqua un œil dans la galerie. A bonne distance de là, les deux sentinelles étaient en grande conversation. De plus, l'endroit n'était guère éclairé.

Elle se déchaussa et, ses mules à la main, s'élança. La galerie franchie, elle s'arrêta et tendit l'oreille. Les sentinelles n'avaient pas interrompu leur conversation ; elles ne l'avaient pas vue passer.

A présent, il ne restait qu'à trouver le chemin de l'étage inférieur. Ce fut facile. S'écartant du centre du bâtiment où s'ouvrait la cage du grand escalier, elle parcourut plusieurs couloirs de service et découvrit enfin un escalier secondaire. Elle le descendit prestement et arriva dans de nouveaux couloirs qui n'étaient pas non plus gardés. Grâce à son sens de l'orientation, elle n'eut aucune peine à se diriger vers les pièces situées en dessous des appartements de la reine.

Progressant lentement dans la demi-obscurité, elle aperçut un garde. Mais il lui tournait le dos. Ce soir-là, du fait des festivités, les sentinelles ne devaient pas prendre leur rôle très au sérieux, d'autant qu'elles n'avaient à surveiller que Théola et un groupe d'enfants.

Guidée par les pleurs, elle entra dans un dortoir improvisé qui avait dû être un vaste bureau. On y avait mis trois lits à une place, trois matelas sur le sol, et un lit d'enfant peint aux armes royales.

Personne ne gardait les enfants qui maintenant pleuraient tous. Allant de l'un à l'autre, Théola en comprit vite la raison. Celui qui hurlait le plus portait à la tête un bandage mal fait qui avait glissé.

Dès qu'elle l'eut rajusté, le petit s'accrocha à elle, ne cessant de répéter en kavonien :

— Maman ! Je veux ma maman !

— Elle va venir, lui dit-elle doucement. Essaie de dormir un peu. Ta maman va venir.

Dans le lit voisin, une petite fille légèrement blessée aux mains avait emmêlé la bande de son pansement à son drap et faisait des efforts inutiles pour s'en dépêtrer.

Le nouveau-né qui occupait le petit lit était visiblement affamé. Son biberon avait glissé et il était incapable de le replacer entre ses lèvres. Théola regretta de ne pouvoir réchauffer le lait qui était froid ; elle présenta la tétine à l'enfant qui se mit à téter goulûment, trop affamé pour faire le difficile. Elle cala correctement le biberon de sorte qu'il ne glisse pas de nouveau, puis elle continua à aller de lit en lit.

Les autres enfants pleuraient parce que les cris des premiers les avaient énervés. Théola les consolait, rajustait leurs couvertures, sans cesser de leur parler, leur promettant que leur mère allait bientôt revenir. En très peu de temps le silence fut rétabli et la plupart des enfants s'endormirent.

Théola vérifiait une dernière fois le bandage qui entourait la tête du premier enfant, quand elle entendit un bruit sur le seuil. Se retournant, elle vit une sentinelle qui la regardait.

— Les enfants pleuraient, expliqua-t-elle en kavonien, aussi suis-je descendue pour les calmer.

L'homme ne répondit pas et continua de la fixer.

— Ils sont tranquilles maintenant ; mais il devrait y avoir quelqu'un avec eux.

— Elle est allée danser, dit le soldat.

A sa voix pâteuse, Théola comprit qu'il avait bu. Son képi était rejeté en arrière ; la bandoulière de son fusil était sur le point de glisser sur son épaule ; sa tunique était dégrafée.

— Eh bien... je crois que les enfants seront tranquilles jusqu'à son retour, dit-elle, le considérant avec perplexité.

Non, ce n'était pas le genre de personne à qui on confie des enfants. Trapu, le teint sombre, cet homme d'une trentaine d'années avait les cheveux trop longs pour un soldat de l'armée régulière. « Sans doute un partisan du général Vasilas qui jusqu'à aujourd'hui n'avait jamais porté l'uniforme », se dit Théola. Elle jeta un dernier regard aux enfants : ils étaient très calmes.

— Je ferais mieux de retourner dans ma chambre, dit-elle en se dirigeant vers la porte.

Le soldat ne bougeait pas. Il oscillait un peu, et l'expression de son regard la mit subitement mal à l'aise.

— Laissez-moi passer, je vous prie.

Il restait sans réaction, et elle jugea qu'il devait être trop ivre pour comprendre ce qu'elle disait. Alors qu'elle tentait de se faufiler à l'extérieur, il laissa tomber son fusil et la prit par la taille.

— Laissez-moi ! Je vous défends de me toucher !

Il la serrait contre lui, et elle pouvait sentir son haleine avinée. Elle se débattait en vain car l'homme était très fort. Il la souleva et la transporta vers un matelas inoccupé.

— Non ! Non ! Lâchez-moi !

Toujours sans répondre, il la laissa tomber à la renverse sur le matelas. Elle poussa un grand cri. Il se jeta sur elle. Croyant qu'il voulait l'embrasser, elle détourna la tête. Mais déjà des mains brutales déchiraient son corsage. Elle hurlait et hurlait encore.

Il venait de lui dénuder les seins, et commençait à lui arracher sa robe. Elle se dit qu'elle mourrait de ce qu'il allait lui faire subir.

Soudain, il y eut une déflagration assourdissante. Elle sentit l'homme s'affaisser sur elle et resta un moment étourdie par le choc. Puis quelqu'un souleva le corps inerte. Instinctivement, elle plaqua les mains sur sa poitrine nue. Elle ne pouvait pas croire que tout était fini, qu'elle était sauvée. Elle entendit le bruit sourd du corps de son agresseur qu'on laissait tomber sur le sol, puis une voix dure demanda en anglais :

— Que faites-vous ici ? Pourquoi n'êtes-vous pas dans votre chambre ?

Toujours allongée sur le matelas, elle ouvrit les yeux et reconnut Alexius Vasilas ! Il comprit qu'elle était trop choquée pour répondre et, la prenant dans ses bras, il la releva. Incapable de tenir sur ses jambes, elle chancela contre lui, la tête appuyée à son épaule.

— Je vous avais dit de rester dans les appartements de la reine, reprit-il durement. Pourquoi m'avez-vous désobéi ?

Il attendit une réponse. D'une voix altérée, elle parvint à balbutier :

— Les enfants... ils pleuraient...

Elle sentit qu'il inspectait la pièce et s'apercevait de l'absence de la garde.

— J'avais donné ordre qu'on les surveille, s'écria-t-il en colère.

— La femme... je crois qu'elle est allée au bal.

— Je vais prendre des mesures. Êtes-vous capable de marcher ?

— Je pense, oui.

Théola voulut faire un pas. Il lui sembla que la pièce s'obscurcissait, que le sol venait à sa rencontre. En tombant, elle sentit qu'il la rattrapait...

Il lui semblait qu'un long moment venait de s'écouler lorsqu'elle reprit conscience. Le général la portait dans les escaliers et, dans ses bras, elle n'avait plus aucune crainte. Peu à peu, son esprit se libérait des ténèbres angoissantes qui l'avaient étreint.

« Il m'a sauvée ! Il m'a sauvée ! » se répétait-elle.

Les yeux toujours fermés, elle entendit les sentinelles de la galerie du premier étage se mettre au garde-à-vous. L'une d'elles ouvrit la porte de la chambre de la reine. Théola ouvrit les yeux à l'instant où il l'installait contre les oreillers. Honteuse qu'il pût la voir ainsi, elle tenait toujours les mains plaquées sur ses seins nus.

— Comment vous sentez-vous ? demanda-t-il gravement.

— Mieux... beaucoup mieux...

— Changez de robe. Je vais m'occuper des enfants et je reviens.

Il sortit, et elle l'entendit s'adresser sévèrement aux deux plantons. Elle resta un moment allongée, tâchant de reprendre ses esprits, obsédée par l'horreur de ce qui venait d'arriver. Puis, se rappelant que son sauveur allait revenir, elle se hâta d'aller mettre une nouvelle robe.

Magara avait rangé ses toilettes avec celles de Catherine. Elle ouvrit les portes du grand placard et provoqua un courant d'air; les volants des robes de sa cousine furent agités, pareils à des fleurs printanières, légères et adorables. Puis elle vit ses propres robes, laides et lourdes, et n'eut pas la force d'en passer une. Elle choisit un déshabillé que Catherine revêtait avant de se faire brosser les cheveux. Blanc, avec de larges manches, il n'avait ni boutons ni agrafes; on en rabattait les pans l'un sur l'autre pour les nouer avec une large ceinture.

Elle jeta dans un coin la robe lacérée qu'elle ne pouvait voir sans repenser aux mains brutales de son agresseur. Elle avait entendu dire qu'en temps de guerre les soldats se comportaient de la sorte, mais jamais elle n'aurait pu imaginer que cela lui arriverait. Elle savait maintenant combien il était affreux pour une femme de subir pareilles violences et de se trouver seule, sans la protection d'un homme.

Elle se recoiffa et alla attendre le général dans le salon.

Son cœur battait à l'idée de lui parler. Il lui avait montré qu'il ne l'appréciait guère, la regardant toujours d'un air méprisant. De plus, elle avait désobéi à ses ordres et quitté la sécurité de sa chambre pour aller au-devant du danger.

Et puis elle se reprochait vivement d'avoir été la cause indirecte de la mort de ce soldat qu'il avait abattu. Il l'avait tué pour la sauver du viol, et elle allait devoir l'en remercier, si difficile que ce soit.

Un long moment s'était écoulé lorsqu'elle entendit les sentinelles se mettre au garde-à-vous. On frappa.

— Entrez! dit-elle, la gorge serrée.

En le voyant, elle le trouva terriblement beau malgré son expression grave. « Papa l'aurait sûrement comparé à Apollon », pensa-t-elle. Elle se leva et fit une révérence.

— Est-ce que vous vous sentez mieux, mademoiselle Waring ?

Elle fut soulagée de ne déceler aucune colère dans sa voix.

— Oui, je me sens beaucoup mieux, et il faut que... que je vous remercie pour...

— Vous n'avez pas à me remercier. Je suis profondément désolé qu'un Kavonien vous ait manqué de respect.

Après un temps, il reprit :

— Ceci dit, j'aimerais que vous compreniez qu'en désobéissant à mes ordres, vous vous exposez à ce genre de situation.

— Je... je suis désolée.

— Nous sommes en guerre, mademoiselle Waring, et quand les hommes font la guerre, ils perdent facilement la tête, et leurs émotions ont tôt fait de s'enflammer d'une manière ou d'une autre. C'est pourquoi les femmes doivent être prudentes.

— Mais c'est que... les enfants pleuraient, dit Théola, pour se justifier.

— Ceci est également regrettable. La femme à qui je les avais confiés sera sévèrement réprimandée. Si cela peut vous rassurer, j'ai trouvé une autre personne, plus digne de confiance, qui passera la nuit auprès d'eux. Il faut espérer que leurs parents viendront les chercher demain matin.

— Je... j'en suis très heureuse.

— Asseyez-vous. Vous venez de vivre une expérience éprouvante et vous devriez vous coucher très tôt.

— Je... il fallait que je vous parle.

— J'ai moi aussi plusieurs choses à vous dire.

Alexius Vasilas s'assit en face de Théola.

— Vous serez soulagée d'apprendre, mademoiselle Waring, que votre cousine, lady Catherine, et le roi ont atteint la frontière grecque sans problèmes.

— Je pensais que c'est là qu'ils se rendraient.

— Je vous ai crue quand vous m'avez dit que vous n'en saviez rien.

— Mais ce n'était qu'une supposition. J'aurais été surprise qu'ils me fassent part de leur destination.

— Je ne comprends pas pourquoi vous ne les avez pas accompagnés. Car enfin, votre oncle avait sa place dans l'escorte du roi, et il aurait été facile d'y inclure une personne supplémentaire.

— Je crois que mon oncle n'avait qu'une idée, conduire sa fille en lieu sûr.

— Mais enfin, vous êtes sa nièce !

— Il n'est pas particulièrement... fier de moi, dit Théola sans réfléchir.

Le général haussa les sourcils. Elle comprit qu'elle en avait trop dit mais, jugeant qu'il attendait une explication, elle reprit :

— Je suis le parent pauvre. Cela doit exister, même en Kavonie. Et on se passe aisément d'un parent pauvre.

Elle avait dit cela sans amertume, d'un ton amusé.

— C'est quelque chose que je comprends difficilement, dit Alexius Vasilas au bout d'un moment. Je puis vous assurer que peu de Kavoniens abandonneraient les leurs en pareille circonstance.

Théola n'avait rien à répondre à cela. Après un moment, il reprit :

— J'ai ici quelque chose qui vous appartient.

Sous le regard étonné de Théola, il sortit de la poche de sa tunique un objet qu'il lui tendit. Se penchant pour le prendre, elle vit qu'il s'agissait de la pièce d'or qu'elle avait laissée pour la fillette blessée.

— J'avais l'intention de vous la rendre dès que possible en précisant que nous autres, Kavoniens, n'avions que faire de votre charité. Aujourd'hui je vous la rends parce que vous n'êtes plus en situation de faire un don aussi généreux.

Théola considérait la pièce posée dans le creux de sa main.

— Elle appartenait à mon père. Elle représente le tiers de tout ce que je possède.

— Et vous l'avez pourtant offerte à cette enfant. Mais, à propos, pourquoi vous êtes-vous occupée d'elle après l'accident ?

Après un temps d'hésitation, elle expliqua :

— Parce que mon père aimait la Grèce, et que venir en Kavonie était la plus merveilleuse expérience de ma vie.

D'une voix vibrante, elle poursuivit :

— Les contrastes que j'ai vus ici m'ont horrifiée : les fastes de ce palais et la misère qui l'entoure. On m'a dit combien votre peuple a été maltraité, et je voudrais l'aider.

— Comme vous avez tenté d'aider les enfants ce soir, quand ils pleuraient et avaient peur.

— Comment va la petite qui a été blessée par notre voiture ?

— Un docteur l'a soignée. Sa jambe guérit.

— Oh, je suis bien contente ! J'ai appris qu'il n'y a pas d'hôpital.

— Il y en avait un. Le roi l'a fait raser pour agrandir ses jardins.

— Avez-vous l'intention d'en construire un autre ?

— Oui, si je suis en position de le faire.

Elle le considéra avec appréhension.

— Vous pensez que le roi pourrait remonter sur le trône ?

— Ses partisans n'ont pas l'intention d'abandonner sans livrer bataille. Il se peut qu'ils ne soient pas de taille à nous battre, mais nous devons nous tenir prêts.

— Certes oui. Pourrais-je vous y aider ?

— Je vais y réfléchir, mademoiselle Waring, dit le général en se levant. Maintenant vous savez qu'il vous faut être protégée. En temps de guerre, une belle femme est toujours un fardeau.

Théola le regarda, stupéfaite du compliment. Avant qu'elle ait pu répondre ou se lever, il avait traversé la pièce et refermé la porte sur lui.

Hébétée, la pièce d'or toujours serrée dans la main, elle fixait la place qu'il occupait quelques secondes plus tôt. « Une belle femme est toujours un fardeau ! » se répétait-elle. Elle n'aurait jamais soupçonné qu'il pût la trouver belle !

4

Au matin, l'air soucieux de Magara frappa Théola.

— Que s'est-il passé ? Y a-t-il quelque chose que vous ne m'avez pas dit ?

— Nous sommes un peu inquiets, Fräulein. La rumeur circule que les troupes du roi s'apprêtent à marcher sur la ville ! Mais vous savez comme les gens parlent.

— Et que dit le général ?

— Rien du tout, Fräulein ; c'est pourquoi je pense que les gens se montent la tête parce qu'ils ont peur. Voyez-vous, beaucoup en ville sont certains que lady Catherine est cette princesse venue de la mer pour nous apporter le bonheur.

— Ce que leur a affirmé le Premier ministre ?

— En effet, c'est ce qu'on nous a dit sur tous les tons.

Théola s'habilla et passa dans le salon.

Le général savait-il combien il était pénible de rester enfermée quand dehors le soleil était si chaud et les fleurs si belles ? Elle aurait voulu se promener dans les jardins, abandonner l'atmosphère étouffante de ce lieu, oublier les portraits des Habsbourg qui, elle en était certaine, la considéraient d'un air désapprobateur.

Il devait être midi lorsqu'on frappa à la porte. Croyant qu'on lui apportait son déjeuner, elle dit « Entrez ! » sans même tourner la tête. Comme elle n'entendait pas la voix de Magara, elle se retourna et eut la surprise de voir le général.

Un instant, elle demeura figée : le soleil entrant par la fenêtre dessinait un halo autour de ses cheveux très pâles qui encadraient ses grands yeux inquiets.

— J'aimerais vous parler, mademoiselle Waring, dit Alexius Vasilas au bout d'un moment.

Il avait la voix grave, et elle se demanda avec appréhension ce qu'il avait à lui dire.

Ils se dirigèrent vers les sofas et les fauteuils recouverts de satin. Il attendit qu'elle se soit assise et qu'elle ait disposé autour d'elle les plis de sa robe de laine brune, bien trop lourde par une aussi chaude journée.

Il était très séduisant en uniforme. Elle remarqua qu'il ne portait pas d'épaulettes à la différence des autres officiers de l'armée kavonienne.

Le silence se prolongea, et Théola eut le sentiment qu'il cherchait soigneusement ses mots.

— J'ai une proposition à vous faire, mademoiselle Waring, commença-t-il enfin. Sans doute allez-vous la trouver très singulière et peut-être ne me croirez-vous pas si je vous dis que je la fais en toute bonne foi.

— Soyez sans crainte.

Elle l'observait avec curiosité.

— Je vous expose la situation : les forces du roi, menées par leurs officiers autrichiens, ont l'intention d'attaquer Zanthos.

— Sont-ils suffisamment nombreux ?

— L'armée du peuple est plus nombreuse, mais les armes nous font terriblement défaut. Nos fusils sont vétustes et nous n'avons pas d'artillerie. En revanche, l'ennemi dispose de l'équipement le plus moderne. Compte tenu de leur puissance de feu, je ne veux pas que l'affrontement ait lieu dans les rues de Zanthos ; ce serait la mort pour de nombreux civils, surtout des femmes et des enfants.

— Que pouvez-vous faire ?

— J'ai l'intention d'intercepter les forces du roi avant qu'elles n'atteignent la ville, ce qui signifie, si nous voulons bénéficier d'un effet de surprise, que l'armée doit se mettre en marche dès ce soir.

— Mais n'est-ce pas une folie de les combattre en rase campagne ?

— J'y ai pensé, mademoiselle Waring, admit le général avec un sourire fugace. Fort heureusement, la seule route qui mène en Grèce traverse une région montagneuse.

— Vous voulez dire que vous leur tendrez une embuscade ?

— C'est ce que j'espère. Très franchement, c'est là notre seule chance de vaincre.

Après un silence, il reprit :

— Je vous ai fait part de mes plans, mademoiselle Waring. Ils doivent rester secrets. N'en parlez même pas à votre femme de chambre.

— Je n'ai certes pas l'intention de trahir votre confiance, général.

— Je vous fais confiance comme je n'ai fait confiance à personne, parce que cela vous concerne directement.

— Cela me concerne, moi ?

— Mon problème, mademoiselle Waring, est de savoir ce que je vais faire de vous.

Elle le regarda, les yeux écarquillés. Il détourna le regard et reprit :

— Ce qui vous est arrivé hier soir est profondément regrettable, mais vous devez savoir que cela arrive continuellement en temps de guerre.

Théola sentit son visage s'empourprer, au souvenir de cet horrible instant.

— L'homme qui vous a agressée était un Albanais. Comme vous le savez peut-être, les Albanais, et surtout ceux qui vivent dans la montagne, forment une race farouche et indisciplinée.

— Et... il y en a beaucoup dans votre armée ?

— Je suis disposé à accueillir tous ceux qui veulent me suivre, quels que soient leur nature ou leur degré de civilisation.

— Oui, je comprends.

— En ce cas, vous imaginez quelle difficulté je rencontre dans le choix de nos sentinelles. Je n'ai pas besoin de vous dire comment se comporteront les mercenaires, si jamais nous sommes vaincus.

Théola tressaillit. Non, il était inutile que le général s'étende sur le sujet. Elle avait lu comment les armées de Napoléon s'étaient conduites au Portugal et dans les autres pays d'Europe conquis par les Français. Le pillage était la récompense du soldat, et il avait tous les droits sur les femmes de ses ennemis.

— S'il vous plaît... demanda-t-elle en tremblant. Mettez-moi à l'abri de ces horreurs.

— C'est mon intention. Il n'y a cependant qu'un seul moyen de s'assurer qu'aucun homme de l'armée kavonienne ne touchera à un seul de vos cheveux.

— Quel est-il ?

— Il faut que vous soyez à moi !

Théola le regarda comme si elle croyait avoir mal entendu. Craignant qu'elle ne se méprenne sur le sens de ses paroles, il se hâta d'ajouter :

— Ce que je vous propose, mademoiselle Waring, est que vous et moi nous prêtions à une forme de mariage. En devenant mon épouse, vous n'auriez plus rien à redouter, de même que je peux marcher en ville sans craindre que quelqu'un me trahisse.

— Votre... épouse ? dit faiblement Théola.

— Uniquement sur le papier. Il s'agira d'un mariage civil qu'en ma qualité de chef de l'Etat, et selon la loi kavonienne, je pourrai annuler dès que la paix sera revenue. Vous pourrez alors regagner votre pays, mademoiselle Waring, sans avoir trop pâti de votre expérience de femme de révolutionnaire.

Il arpentait la pièce.

— C'est une question de temps, reprit-il. Si nous n'étions pas si pressés, je pourrais prendre d'autres dispositions ; mais en l'occurrence je ne vois pas d'autre solution, même si, bien sûr, cela doit vous causer quelque embarras.

Après un temps de réflexion, Théola déclara :

— Je crois, général, que vous avez une autre raison de me présenter comme votre femme.

Le général s'immobilisa au centre de la pièce et posa sur elle un regard scrutateur.

— Seriez-vous terriblement perspicace, mademoiselle Waring ? Ou bien quelqu'un vous aurait-il parlé ?

— Magara dit que les gens sont indécis parce qu'ils croient que Catherine est cette princesse venue de la mer pour leur apporter la paix et la prospérité.

— Le Premier ministre a en effet eu l'habileté de raviver cette vieille légende. Toute notre histoire, comme vous devez vous en douter, mademoiselle Waring, est riche de mythes, de superstitions et de légendes.

— Je ne suis pas princesse, objecta Théola en se rappelant que Catherine avait dit la même chose.

— Le Premier ministre a déformé le texte grec original pour servir son dessein. La traduction littérale en serait :

Alors, de l'écume sortira une nymphe
Qui arrachera la lumière aux ténèbres,
Et les hommes jouiront de la paix.

Théola avait sursauté au mot « nymphe ». Son père lui avait souvent dit qu'elle ressemblait à une nymphe grecque plutôt qu'à Aphrodite. Il lui sembla à cet instant que son père lui parlait, qu'il lui indiquait ce qu'elle devait faire parce que, plus que tout autre, il avait compris le besoin profond des Kavoniens. Elle prit une inspiration et dit :

— Je ferai ce que vous voulez, général, mais à une condition.

— Laquelle ?

— Vous m'emmènerez avec vous lorsque vous quitterez la ville.

Devant son air surpris, elle crut qu'il allait refuser, et se hâta d'ajouter :

— Je ne pourrais pas rester ici toute seule, sans savoir ce qu'il se passe, si c'est l'armée du roi ou la vôtre qui revient.

Elle s'efforçait de parler posément, mais sa voix était chargée d'émotion. Au bout d'un moment, Alexius Vasilas répondit :

— J'accepte. Ce mariage civil va avoir lieu en public. Les gens aimeront cette cérémonie, et ils croiront aux bons présages que vous apportez à leur pays.

— Puissiez-vous dire vrai.

— Vous comprenez, je le vois, que les hommes combattent plus bravement lorsque leur cœur est habité par la foi plutôt que par la convoitise.

— C'est à vous de la leur inspirer.

— C'est mon intention, avec votre aide !

— Je veux vous aider, déclara Théola en se levant. Je sens que ce pays est fait pour... pour le bonheur.

Il ne répondit rien, se contentant de la regarder. Et lorsque leurs regards se rencontrèrent, elle sentit qu'ils communiquaient sans qu'il leur soit besoin de parler. Abruptement il reprit la parole :

— Je tiens à vous redire, mademoiselle Waring, que vous pouvez me faire confiance. Notre mariage ne sera rien d'autre qu'une formalité. Vous comprenez pourquoi il est nécessaire, et je ne peux que vous en remercier très sincèrement.

Il s'inclina et partit sans se retourner. Une fois seule, Théola porta les mains à son visage et s'aperçut qu'elle tremblait.

Elle avait l'impression de vivre un rêve ! Et pourtant, tout ce qu'avait dit le général était raisonnable et sensé.

Elle avait vu la foule brandir des portraits de Catherine avec un enthousiasme qui l'avait, d'ailleurs, étonnée. Le Premier ministre avait eu l'extrême intelligence d'identifier la future reine au personnage de la légende, faisant du mariage royal un événement très populaire. Ainsi, parmi les Kavoniens prêts à suivre Alexius Vasilas jusqu'au bout, il y en aurait toujours eu, et principalement des femmes, pour se demander si, avec Catherine, leurs espérances de paix et de prospérité ne s'étaient pas enfuies.

« Il faut qu'ils croient en moi ! Il faut qu'ils aient la certitude que je suis la nymphe qui va les secourir. »

Cette légende ressemblait aux histoires délicieuses que son père lui lisait en grec. Aphrodite était sortie de l'écume et, à n'en pas douter, la nymphe de Kavonie deviendrait dans les esprits la déesse de l'amour, mais aussi le symbole de la fertilité et de la prospérité.

« C'est en fait le général Vasilas qui sera leur bienfaiteur », se dit-elle. Et soudain elle frissonna en pensant aux fusils modernes, à l'artillerie lourde de l'armée du roi.

Elle était toujours plongée dans ses pensées, debout au milieu du salon, lorsque s'ouvrit la porte de la chambre. Magara arriva hors d'haleine.

— Est-ce vrai ce qu'on dit, Fräulein ? Allez-vous vraiment épouser le général ce soir ?

— C'est vrai.

— C'est merveilleux ! Je n'arrive pas à y croire ! Je ne vous aurais rien souhaité de mieux !

— Mais comment le savez-vous ?

— C'est le général lui-même qui me l'a dit. Il est en route pour la Grand-Place, où il l'annoncera au peuple. Les gens vont être heureux ; ils adorent les mariages. Déjà certaines femmes se plaignaient de ce que le mariage du roi n'ait pas eu lieu.

« Au moins, se dit Théola, on ne célébrera pas de mariage catholique dans leur cathédrale. »

— Magara, je n'ai rien à me mettre !

— Comment cela, Fräulein ? Mais la penderie est pleine de robes, et il y a même une magnifique robe de mariée !

— Tout cela appartient à Catherine !

Théola avait complètement oublié que les toilettes de sa cousine étaient restées là.

— Elles devraient m'aller, je pense, dit-elle incertaine.

Elle se demanda ce que dirait sa tante en la voyant revêtir la robe de mariage de Catherine pour épouser un révolutionnaire.

Les paroles de son oncle lui revinrent à la mémoire. Jamais il ne lui donnerait la permission de se marier ; elle ne devait s'intéresser à aucun homme ni permettre qu'aucun homme ne s'intéresse à elle. « C'est tout à fait différent ! se dit-elle. Le général ne s'intéresse pas à moi en tant que femme, mais uniquement parce que je vais incarner un personnage mythique qui inspirera un surcroît de vaillance à son armée. » Et puis, cette union pourrait être facilement annulée, une fois la victoire assurée. Enfin, elle jugea inutile, pour le moment, de se soucier de ces détails. L'important était que le peuple voie en elle la nymphe de la prophétie.

— Voyons un peu cette robe de mariée, Magara.

Elles passèrent dans la chambre. Magara sortit la robe de Catherine.

— Elle est vraiment superbe, Fräulein, mais je crois qu'elle est trop large à la taille, déclara Magara. Je vais arranger cela.

C'était la robe la plus exquise que Théola eût jamais vue. Pour l'acheter, la duchesse avait dû débourser une somme astronomique. Faite de crêpe blanc, elle portait sur le devant un drapé de tulle ramené en arrière sur une petite tournure; là, le tulle se découpait en ruches qui cascadaient jusqu'à terre et s'achevaient en une longue traîne. Des frisottis de tulle nimbaient le corsage, et une bande de satin cerclait la taille pour s'épanouir en un grand nœud sur les reins. Suivant les indications de Catherine, le tailleur avait ajouté des bouquets de fleurs d'oranger piquées de paillettes argentées, qui faisaient scintiller le tissu; cependant, après l'avoir considérée, Théola se dit que la robe d'une reine ne convenait pas à une nymphe.

— Je vous serais reconnaissante, Magara, lorsque vous reprendrez la taille, de bien vouloir enlever toutes ces fleurs.

— Mais elles sont très belles, Fräulein!

— Elles font un effet trop chargé.

— Comme vous voudrez, Fräulein, mais je trouve ça dommage.

Mais Théola n'écoutait pas. Elle prenait dans un tiroir le pesant voile de dentelle de Catherine; il devait être maintenu en place par un diadème de diamants que la duchesse avait au dernier moment confié à sa fille. Catherine avait oublié dans sa fuite de l'emporter. De toute façon, Théola estima que ce diadème aurait paru trop lourd sur elle. Elle n'était pas non plus particulièrement séduite par le voile. La dentelle était très belle, mais elle le trouvait un peu imposant.

— J'ai une idée, Magara ! s'écria-t-elle en ouvrant le tiroir inférieur de la commode.

Avec son sens maniaque de l'économie, la duchesse avait joint au trousseau de sa fille plusieurs rouleaux de tissu pour d'éventuels raccommodages.

— Vous comprenez, Théola, avait-elle dit, que dès que les traînes des robes de Catherine seront usées ou salies, vous devrez en changer les volants plusieurs fois avant de les mettre au rebut.

— Oui, tante Adélaïde.

— Vous cousez bien lorsque vous vous en donnez la peine, c'est pourquoi je vais dire à Catherine de veiller à ce que vous vous acquittiez de cette tâche.

La duchesse avait ensuite montré à sa nièce les différents rouleaux de tissu et lui avait plusieurs fois expliqué avec quel soin il fallait faire les réparations.

Théola déposa un rouleau de tulle sur le lit. Lorsqu'elle eut passé la robe que Magara venait de repincer, elle put à peine se reconnaître dans la glace. Pour la première fois elle prit conscience de la minceur de sa taille, et de la grâce avec laquelle ses petits seins savaient gonfler un corsage. Ses épaules, sa gorge étaient d'un blanc éclatant ; et sa robe, sans les fleurs et les paillettes, la faisait paraître très jeune, innocente et pure. Avec cette longue traîne qui cascadait derrière elle, elle était vraiment une « nymphe sortie de l'écume ».

Pour remplacer le pesant voile de sa cousine, elle montra à Magara comment en faire un en tulle, qui serait maintenu en place par une couronne de fleurs d'oranger dont elle avait ôté les paillettes.

— Vous êtes ravissante, Fräulein ! déclara Magara, avec une note de respect dans la voix, lorsque Théola fut prête. Vous avez l'air d'une mariée, et en même temps vous ressemblez à une des statues de sainte qui sont dans la cathédrale.

« C'est exactement ce que je voulais », se dit Théola.

Quand on vint lui annoncer que le général l'attendait, elle suivit lentement la grande galerie, et, pour la première fois de sa vie, le bruissement soyeux d'une traîne rythmait ses pas. Arrivée en haut du grand escalier, elle s'approcha de la rampe et vit le général qui l'attendait en bas dans le hall.

Il avait revêtu l'uniforme vert de l'armée kavonienne, arborant cette fois des épaulettes ; le ruban rouge d'un ordre religieux ceignait sa poitrine.

Il regardait Théola descendre les marches. Lorsqu'elle arriva près de lui, elle vit dans ses yeux l'expression qu'elle espérait y trouver, bien différente du mépris avec lequel il l'avait considérée. Après l'avoir longuement admirée, il porta à ses lèvres la main gantée de blanc de Théola.

— Vous êtes exactement telle que j'espérais, dit-il d'une voix douce.

Tenant dans la main un petit bouquet de roses blanches que Magara lui avait remis au dernier moment, elle s'avança vers le cabriolet qui attendait dehors. Voiture et chevaux avaient été décorés de myriades de fleurs.

L'équipage suivit lentement l'avenue très large qui menait à la place centrale de Zanthos. Là, une foule très dense les attendait ; Théola se rappela l'arrivée de Catherine. Mais il y avait une différence : aujourd'hui, les acclamations étaient plus chaleureuses, plus sincères, et tout le monde souriait avec attendrissement.

Descendant de voiture, elle vit au milieu de la place une estrade dressée, sur laquelle se tenait le maire en tenue de cérémonie, robe rouge et chaîne d'or autour du cou.

Entre l'estrade et le cabriolet avait été déroulé un long tapis le long duquel de part et d'autre les gens s'agenouillèrent. Le général présenta son bras à Théola et, pour la première fois depuis son départ du palais, la jeune fille connut le trac. Peut-être parce qu'il la sentit trembler, attentif à ses réactions, le général la rassura en souriant :

— Vous apportez à mon peuple la foi et l'espoir.

Il n'aurait pu mieux faire pour dissiper sa nervosité ; elle cessa de penser à elle-même et se concentra sur la foule. Le maire les accueillit de quelques paroles en kavonien. Il assura au général que le peuple comptait sur lui pour montrer le chemin, ainsi que sa famille l'avait fait pendant des siècles, et qu'en cette belle journée chacun était de cœur avec lui. Tout le temps que dura cette harangue, la foule qui emplissait la place demeura complètement silencieuse.

— Nous vous demandons une signature, général, dit enfin le maire.

— Je croyais que nous devions prononcer nos vœux devant vous, s'étonna Alexius Vasilas.

— J'ai une merveilleuse nouvelle pour vous. Lorsque ce matin vous m'avez demandé de vous unir, j'ai aussitôt envoyé un messager au monastère. L'archevêque est revenu en ville !

Théola sentit le général se raidir. Elle savait ce que le maire allait dire.

— Votre mariage va être célébré dans la cathédrale. L'archevêque vous attend.

Théola sentit qu'Alexius Vasilas était comme changé en pierre. Elle-même avait du mal à respirer. Tel un automate, le général apposa sa signature sur le registre civil ; les doigts gourds, Théola l'imita.

Alors, le maire se tourna vers le peuple silencieux.

— Mes frères, déclara-t-il, Alexius Vasilas qui est revenu parmi nous pour se mettre à notre tête, vient de se marier selon la loi kavonienne. Il va maintenant faire célébrer son union selon notre foi et la loi de nos ancêtres.

» Notre archevêque bien-aimé attend dans la cathédrale. Les mariés vont maintenant s'y rendre afin de recevoir la bénédiction du Seigneur.

Une formidable acclamation de joie répondit à ce discours.

Théola et le général furent conduits de l'autre côté de l'estrade. Un second tapis en partait, qui aboutissait au fond de la place, sur le parvis de la cathédrale. Ils s'y engagèrent, et les gens s'agenouillaient sur leur passage.

— Pardonnez-moi ! murmura le général. Ce n'est pas du tout ce que j'avais prévu, mais pour le moment je ne peux rien y changer.

— Non, bien sûr, souffla Théola.

La conversation pouvait difficilement se poursuivre. Lentement, dignement, ils marchèrent en direction de la cathédrale, acclamés par la foule. Plusieurs prêtres attendaient devant les grandes portes.

Si Théola n'avait jamais pénétré à l'intérieur d'une église orthodoxe, son père lui en avait fait de longues descriptions, et les suspensions en argent, les myriades de cierges, l'odeur de l'encens, lui parurent étrangement familiers.

Ils remontaient l'allée centrale en direction de l'autel. Derrière, ils entendaient la foule s'engouffrer dans la cathédrale. Des chœurs angéliques et limpides emplissaient la grande nef. Là-bas, tout de noir vêtu, les attendait l'archevêque.

Après avoir remis son bouquet à l'un des officiants, Théola enleva ses gants. Nerveuse, inquiète de commettre quelque impair, elle glissa sa main dans celle du général, comme l'eût fait un petit enfant. Les doigts d'Alexius Vasilas se refermèrent sur les siens, et ce contact la rassura.

Le service fut magnifique, célébré en grec — ce qui lui fit penser à son père et regretter qu'il ne fût pas auprès d'elle. Peut-être savait-il qu'elle se mariait et en quelles étranges circonstances. Oui, elle sentait sa présence et son entière approbation.

L'archevêque bénit des couronnes de fleurs dont il les coiffa. Alors le général prit la main de Théola et lui passa un anneau au doigt. D'une voix solennelle, l'archevêque formula les termes du sacrement, puis il fit le signe de croix et bénit les époux. Le grand orgue entonna une marche nuptiale. Et les mariés redescendirent l'allée centrale, marchant lentement vers la lumière du soleil qui les attendait sur le parvis.

Maintenant une voiture les emportait. Les acclamations de la foule en liesse étaient si fortes qu'il leur était impossible de se parler. On leur jetait tant de fleurs qu'ils furent bientôt recouverts d'un tapis parfumé. Ils ne retrouvèrent un calme relatif que dans la cour du palais. Alors, pour la première fois depuis qu'ils étaient mari et femme, Théola tourna le visage vers le général. Il la regardait avec une expression qu'elle ne comprit pas.

— Je vous assure, dit-il d'une voix grave, que j'ignorais tout à fait que l'archevêque déciderait de revenir à Zanthos pour notre mariage.

Comme elle ne répondait pas, il reprit :

— Puisque vous n'appartenez pas à la même Eglise que moi, nous trouverons, j'en suis sûr, le moyen d'annuler ce mariage.

Ils arrivaient aux marches du perron. L'ensemble du personnel y était rassemblé ; ces gens n'étaient peut-être pas les hôtes de marque qui avaient accueilli Catherine, mais au moins, on ne pouvait douter de la sincérité de leurs congratulations qui venaient du plus profond de leur cœur.

— Merci ! Merci beaucoup ! répétait le général.

Plusieurs femmes s'étaient agenouillées pour embrasser les mains de Théola, et d'autres portaient le bas de sa robe à leurs lèvres.

Dans le hall, Alexius Vasilas s'arrêta pour déclarer :

— Vous comprendrez qu'il me reste beaucoup à faire avant que nous quittions la ville. Pourriez-vous être prête à huit heures, en tenue de cheval ? D'ici là, je vous conseille de vous reposer.

— Oui, certainement, répondit Théola.

Il lui baisa la main. Elle eut soudain le désir de se raccrocher à lui, de ne pas le laisser partir.

Mais déjà, il était parti et, seule, elle gravit les escaliers, suivie de Magara.

Ils quittèrent la ville avant la nuit. Mais déjà le soleil disparaissait derrière les montagnes dans une fournaise d'or et d'écarlate.

La foule salua les soldats de cris : « Bonne chance ! », « Que Dieu vous protège ! ». En embrassant leurs époux, leurs fils, des femmes pleuraient. Les hommes ne marchaient pas en rangs impeccables comme l'eussent fait les Autrichiens, mais ils allaient, groupés selon leurs affinités, bavardant.

Outre le général et Théola, plusieurs officiers étaient à cheval, mais la plupart marchaient avec leurs hommes, conversant avec eux sur un pied d'égalité. Ils constituaient un contraste étonnant, pensa Théola, avec les officiers autrichiens, pleins de morgue et de dédain.

Elle avait revêtu un des costumes d'équitation de Catherine car le sien était si vieux, si élimé qu'elle aurait eu honte de l'exhiber devant le peuple. Il s'agissait d'une tenue d'été rose très pâle, à brandebourgs blancs, qui n'était à vrai dire guère de mise dans une expédition guerrière. Mais elle avait pensé que, pour incarner un symbole aux yeux du peuple et de l'armée, elle devait tenir fidèlement son rôle. Lorsqu'elle leur était apparue, les soldats l'avaient considérée d'un air satisfait, mais aussi respectueux, et elle avait compris qu'elle ne les avait pas déçus. Elle n'avait pu savoir ce qu'en pensait le général car, occupé jusqu'à la dernière minute à donner ses instructions, il n'avait pu lui dire un mot.

Les habitants des campagnes continuaient d'affluer et la population de la ville s'accroissait d'heure en heure. Au moment du départ, la place du marché, mais aussi la Grand-Place retentissaient des cris de protestation des chèvres, des moutons et des bovins que l'on y avait massés.

Théola avait le sentiment qu'Alexius Vasilas était toujours très gêné de ce qui s'était passé, et ne savait comment faire face à une situation aussi inattendue. D'instinct, elle avait compris que c'était un homme très croyant. Tandis qu'ils se tenaient agenouillés devant l'archevêque, elle avait senti en lui un sens très aigu du sacré. « Comment retrouver sa liberté après avoir été unis en de telles circonstances ? » se disait-elle. Elle se demanda si cette pensée l'obsédait lui aussi en cette heure grave où il lui fallait avant tout réfléchir à la bataille toute proche.

La nuit tomba très vite. Cependant, une demi-lune et les étoiles, qui bientôt scintillèrent, éclairaient le chemin. Il faisait plus frais, et Théola fut heureuse de pouvoir profiter du manteau fourré de mouton que Magara avait tenu à sangler sur l'arrière de sa selle. A l'occasion d'une halte, c'est un officier qui vint l'aider à détacher les courroies. Elle eut la surprise et la joie de reconnaître le capitaine Petlos.

— Vous êtes des nôtres ! Comme j'en suis heureuse !

— Pouvais-je me trouver ailleurs ? dit-il en souriant.

— Vous savez que, depuis mon arrivée à Zanthos, j'ai regretté de ne plus vous voir.

— C'est que j'ai eu beaucoup de choses à faire pour le général.

— Vous étiez donc en contact avec lui quand vous résidiez au palais ?

— Oui, Alexius Vasilas m'avait persuadé que je lui serais beaucoup plus utile en y demeurant.

— Cela se conçoit.

Comme il lui plaçait le lourd manteau sur les épaules, un soldat s'approcha.

— Le général voudrait vous parler, mon colonel.

— Colonel ? s'écria Théola.

— Oui, j'ai eu de l'avancement, et je n'hésite pas à dire que c'est mérité après ce qu'il m'a fallu subir ces dernières années.

Il avait dit cela en souriant. L'instant d'après, il était parti, et Théola attendit que la colonne se remette en marche.

Une heure plus tard, elle se trouva dans une caverne, à mi-hauteur sur le flanc de la montagne. On y sentait encore une vague odeur d'animal sauvage, mais le sol était propre et sablonneux. De là-haut, la vue embrassait toute la vallée et la route qui y serpentait, celle que devaient emprunter les forces du roi pour marcher sur Zanthos. Les montagnes étaient ainsi parsemées de grottes, de gorges et d'éboulis où des hommes pouvaient se dissimuler sans que rien ne puisse trahir leur présence.

Un soldat étendait une couverture sur le sol puis il en déroula une seconde près de la paroi opposée de la caverne qui était très spacieuse.

— Est-ce pour le général ? s'enquit Théola.

— Oui, Votre Excellence, répondit-il.

Il déposa sur la deuxième couverture un télescope et divers autres objets, puis il salua Théola et la laissa seule. Elle retira son manteau, s'assit sur sa couverture et attendit. Il n'était pas encore minuit, et elle savait qu'elle ne pourrait pas dormir tant elle s'inquiétait des événements à venir. Le général était sans doute en train de poster ses hommes sur l'autre flanc de la montagne, et elle estimait peu probable qu'il monte jusqu'à la caverne. Pourtant, vers deux heures du matin, il apparut subitement.

— Comment allez-vous ? demanda-t-il.

— Je m'inquiétais à votre sujet.

— J'ai fait tout mon possible, dit-il en s'asseyant sur sa couverture. Tous les hommes sont en position. Pourvu que pas un ne bouge ; des éclaireurs ennemis pourraient nous repérer. Tenez, j'ai quelque chose pour vous.

— Qu'est-ce que c'est ?

— Un pistolet. Je préfère que vous soyez armée. Savez-vous vous en servir ?

— Oui. Mon père avait hérité de son grand-père un vieux pistolet de duel. Nous tirions sur une cible dans le jardin.

— J'espère que vous n'aurez pas à l'utiliser, mais au cas où les choses tourneraient mal, il vaut mieux que vous l'ayez sur vous.

Théola prit l'arme qu'il lui tendait. Elle pensa avec un calme étonnant que, si les choses « tournaient mal », il se pourrait qu'elle ait à faire usage de ce pistolet contre elle-même.

— Il est chargé, avertit le général.

— Je ferai attention, dit-elle en le déposant près d'elle sur la couverture.

— Théola, je vous conseille de dormir un peu. C'est ce que j'ai, pour ma part, l'intention de faire. Demain sera sûrement une journée très éprouvante.

— Oui, il faut que vous dormiez. Tout repose sur vous.

— C'est ce que je me suis dit aujourd'hui, tandis qu'on nous mariait. Je n'ai pas besoin de vous dire combien vous avez été merveilleuse, et comme cela a été important pour tous ces gens de croire que vous êtes venue les secourir au moment le plus crucial de leur existence.

Il avait dans la voix des accents qui faisaient vibrer Théola comme l'eût fait la plus délicieuse des mélodies.

— Merci, dit-elle.

Le général s'allongea sur sa couverture.

— Bonne nuit, Théola ! lança-t-il d'une voix qui déjà avait changé.

Elle aurait voulu lui demander de ne pas s'endormir, de continuer à parler. Il y avait tant de choses qu'elle voulait savoir, tant de choses qu'elle voulait entendre.

Mais elle savait qu'il lui fallait impérativement dormir, car il avait eu une journée fatigante. Après quelques heures de repos, il serait en mesure de commander l'armée du peuple en l'heure la plus cruciale, comme il l'avait dit fort justement, de son histoire. « Oh, Seigneur, faites qu'il l'emporte ! » pria-t-elle.

Elle s'étendit sur le ventre afin de contempler au clair de lune les montagnes enneigées. Elle imagina que leurs cimes montraient le chemin du paradis, ou de cet Olympe auquel croyait son père.

Peut-être les dieux seraient-ils avec eux demain. Peut-être les esprits des montagnes et des torrents accourraient-ils à la rescousse pour donner aux Kavoniens la paix et le bonheur.

Théola n'avait pas sommeil. Elle désirait prier car il était important que ses prières fussent entendues. « Aide-nous, papa. Montre au général ce qu'il faut faire. Aide-le à vaincre ses ennemis. »

Tout était calme et silencieux. La paix et la beauté de la nuit semblaient d'un autre monde. Théola, captivée par la magie de l'instant, en avait oublié les hommes embusqués qui attendaient avec leurs armes.

Le général dormait d'un sommeil sans rêves comme seul un soldat sait le faire dans les brefs moments de détente. Elle entendait sa respiration régulière et regrettait que l'obscurité l'empêchât de contempler son visage parfait. Elle le comparait une nouvelle fois à Apollon, lorsqu'un mouvement furtif attira son attention.

Elle l'attribua d'abord à quelque petit animal trottant entre les rochers, espérant avec une pointe d'angoisse qu'il ne s'agissait pas d'un serpent.

Puis, n'en croyant pas ses yeux, elle distingua une tête d'homme. Il se trouvait juste en dessous de la caverne et progressait silencieusement vers l'entrée. Théola pensa qu'il s'agissait d'un soldat apportant quelque message au général ; il allait ainsi, courbé et silencieux, pour ne pas être vu des éclaireurs ennemis. Devait-elle réveiller le général pour l'avertir qu'un messager voulait lui parler ?

Alors, comme elle hésitait, l'homme se redressa un peu et elle vit dans son poing une longue dague effilée où le clair de lune faisait jouer des miroitements !

Sans réfléchir, elle porta la main au pistolet que lui avait donné le général. L'homme arrivait à l'entrée de la caverne. Déjà il levait le bras pour frapper. Théola fit feu. La détonation se répercuta plusieurs fois dans les profondeurs de la grotte. Le général se mit sur son séant. Après s'être effondré à la renverse, l'homme roulait en contrebas de la caverne dans un torrent de cailloux.

— Qu'y a-t-il ? Pourquoi avez-vous tiré ? demanda Alexius Vasilas.

Alors il vit sur le seuil la dague qui luisait d'un éclat sinistre. Théola n'eut pas à s'expliquer. Le général sortit et se pencha sur le mort. Théola l'entendit parler avec des soldats. Elle était assise, tremblant un peu. Pourtant, le fait de tuer un homme n'avait pas suscité cette émotion horrible qu'elle s'était imaginée. Elle en éprouvait au contraire une sorte de détachement, comme si tout s'était passé en dehors d'elle.

Le général reparut. Il ramassa le pistolet et entreprit de le recharger.

— Vous venez de me sauver la vie, dit-il d'un ton égal.

— Qui était cet homme ? demanda-t-elle d'une voix incertaine.

— Un éclaireur de l'armée du roi.

— Pensez-vous qu'ils savent où nous sommes ?

— J'en doute. Selon moi, cet homme nous a vus arriver. Au lieu d'aller faire son rapport, comme le lui commandait son devoir, ce petit malin s'est imaginé qu'il toucherait la prime que l'on a offerte pour ma tête.

— En ce cas, nous pouvons toujours compter sur l'effet de surprise ?

— Je l'espère. Encore une fois, merci !

Il avait parlé d'une voix calme, comme décidé à ne pas se laisser gagner par l'émotion. Et parce qu'elle sentait qu'il attendait d'elle la même attitude, Théola se rallongea et ferma les yeux. Alors le texte de la légende lui revint à l'esprit : « La nymphe arrachera la lumière aux ténèbres. »

Si elle était cette nymphe, alors la lumière de Kavonie était Alexius Vasilas. Elle venait de le sauver des ténèbres de la mort, et peut-être les Kavoniens eux-mêmes, des ténèbres de la tyrannie.

5

Théola savait que le général ne dormait pas. Il ne disait rien et demeurait immobile, mais elle sentait qu'il était éveillé. Peut-être était-il aux aguets, de peur que le coup de feu ait alerté l'ennemi ? Non, la détonation n'avait pas dû porter bien loin.

Cependant, Théola comprenait parfaitement l'état de tension dans lequel se trouvait Alexius Vasilas. Elle voulait lui parler, elle aurait voulu qu'il lui dise qu'elle avait bien agi.

Elle venait de tuer un homme !

Elle n'aurait pu faire autrement. Le général avait sûrement raison : cet éclaireur, les voyant arriver et prendre position, avait certainement rêvé de s'adjuger la prime offerte par le roi. S'il était parvenu à assassiner le général, c'en était fait de la révolution. Le roi serait revenu sur le trône pour traiter le peuple avec plus de sévérité que par le passé.

Maintenant qu'elle connaissait l'hostilité des Kavoniens pour Ferdinand, elle s'étonnait que son règne ait duré si longtemps. Mais il était vrai qu'il avait doté son armée d'un équipement capable de réprimer immédiatement tout début d'insurrection. Si résolus qu'ils puissent être, des hommes sans armes ne pouvaient rien contre une telle armée. Il avait fallu des années à Alexius Vasilas pour se préparer à affronter les tout-puissants Autrichiens.

Le clair de lune éclairait maintenant la caverne, et le général paraissait auréolé de lumière. Théola imagina que cette lumière serait le phare qui montrerait le chemin à son peuple victorieux. « Aide-le, Seigneur, je t'en prie, aide-le, et pardonne-moi d'avoir donné la mort. »

Elle avait souvent pensé que si jamais elle tuait quelqu'un, remords et culpabilité la terrasseraient. Quand le général avait abattu le soldat qui l'avait agressée, elle n'avait ressenti que du soulagement ; et, à présent, elle ne regrettait pas le meurtre de cet éclaireur, au contraire, elle s'en réjouissait car cette mort signifiait que le général, lui, vivait.

Elle ne pouvait croire que quelques semaines plus tôt elle demeurait encore en Angleterre, malheureuse et opprimée, craignant même de parler par peur de déplaire, promise à une existence ingrate et laborieuse pour le restant de ses jours.

Et voici qu'elle se trouvait en Kavonie au côté d'un homme qui menait un combat à mort pour la liberté de son pays.

« Et je suis mariée avec lui ! » dit-elle dans un souffle.

Elle se rendait parfaitement compte que, si Alexius Vasilas n'aurait aucune peine à faire annuler un mariage civil, il lui serait beaucoup plus difficile de se séparer d'une femme à laquelle il était uni selon les sacrements de son Eglise. Bien qu'elle ne sût que très peu de chose sur les lois de la religion, Théola était sûre que les liens qui les unissaient étaient indissolubles et que, pour l'archevêque, ils demeureraient mari et femme jusqu'à l'heure de leur mort. « Il doit pourtant y avoir une possibilité d'annulation, se dit-elle, ne serait-ce que parce que j'appartiens à une autre religion. »

Mais qu'allait-il advenir d'elle ? Elle n'eut pas la force d'envisager la seule alternative qui s'offrirait à elle s'il lui fallait quitter la Kavonie. Délibérément, elle se força à penser à la situation présente.

Elle se retourna pour contempler la nuit. Le clair de lune jouait magnifiquement sur les neiges éternelles. Elle se mit à songer aux génies de la montagne. Comme ils devaient être étrangers à la vanité des choses humaines ! « Venez nous secourir ! » chuchota-t-elle. Mais ces forces surnaturelles, si elles existaient, viendraient-elles se ranger demain dans le camp de la liberté ?

Elle dut sommeiller quelque peu et fut éveillée par le général qui se levait. L'aube pointait. Une vague lueur éclairait l'est et les étoiles avaient perdu de leur éclat.

— Où allez-vous ? demanda-t-elle.

— Je vais m'assurer que chaque homme est bien réveillé.

— Est-ce que vous pensez qu'ils arriveront tôt ?

— Je suppose qu'ils se mettront en marche dès l'aube. C'est du moins ce que je ferais à leur place.

— Et... seront-ils nombreux ? demanda-t-elle, la gorge serrée.

— Je redoute moins leur nombre que leur armement. Si, comme on me l'a dit, ils possèdent des canons à longue portée, alors il faut absolument les arrêter avant qu'ils puissent bombarder Zanthos.

Théola sentit un frisson la parcourir. Elle savait que la ville n'était pas faite pour essuyer un bombardement et que toute la population des alentours qui s'y était réfugiée la rendait encore plus vulnérable. Elle n'avait pas compris ce point de stratégie et ne put s'empêcher de demander :

— Pourquoi avez-vous fait venir tant de gens à Zanthos ! Le nombre des blessés et des morts n'en sera-t-il pas que plus grand ?

Malgré la pénombre, elle vit qu'il la regardait attentivement, comme si la question l'avait surpris. Il lui répondit avec sérieux :

— Si jamais les troupes du roi parviennent à franchir cette vallée et à établir une tête de pont dans la plaine, des bandes se répandront dans la campagne, tuant les paysans et volant leur bétail. Une armée a toujours faim, et je ne pense pas que le roi aura trouvé de grandes réserves de vivres l'attendant à la frontière.

— Non, bien sûr. A présent je comprends.

— Il est inhabituel qu'une femme s'intéresse aux mouvements des armées.

— Je ne m'intéresse qu'à *votre* armée, mais je suis triste de penser aux souffrances que cette bataille va infliger à des êtres humains, de quelque camp qu'ils soient.

— C'est pourquoi je pense qu'en surprenant l'ennemi dans cette vallée, nous éviterons, si nous l'emportons, d'incommensurables souffrances.

— J'ai prié pour la victoire, dit posément Théola. J'ai prié toute la nuit, et je crois que vous en avez fait autant.

C'était là une chose qu'elle n'aurait jamais osé dire au général en plein jour. Il était plus facile de lui parler lorsqu'il n'était qu'une obscure silhouette plongée dans l'ombre.

— Je suis certain que vos prières ont été entendues, et je tiens à vous dire une nouvelle fois combien je vous suis reconnaissant non seulement de m'avoir sauvé la vie, mais aussi d'avoir eu le courage de nous accompagner.

— En vérité je n'aurais pas eu le courage de rester en arrière.

— Ce n'est pas ainsi que la plupart des femmes verraient la chose.

— Pensez-vous que... que vos hommes sont heureux que je sois ici ? demanda-t-elle avec hésitation, craignant qu'il ne la trouve vaniteuse.

— Je pense que chaque homme va se battre comme il ne l'a jamais fait, avec au plus profond de son cœur la certitude de vaincre.

Le général avait parlé avec une indubitable sincérité.

— Merci... merci de m'avoir dit cela.

— Hier, en vous voyant chevaucher à nos côtés, j'ai pensé à Jeanne d'Arc redonnant force et espoir aux Français.

— C'est ce que je voudrais être. Mais j'ai peur de ne pas être à la hauteur.

— Ne pas être à la hauteur ? Alors que jusqu'à présent vous avez été magnifique ! Lorsque je vous ai demandé de m'épouser, vous auriez pu refuser. Et jamais je n'aurais rêvé de vous voir m'accompagner aux avant-postes.

Tout en parlant, Alexius Vasilas s'était levé. Le soleil commençait à rosir la montagne. Se levant à son tour, Théola rejoignit le général à l'entrée de la caverne. Sur les deux versants de la vallée, rien ne bougeait. L'endroit paraissait complètement désert. Et pourtant, des centaines d'hommes y attendaient patiemment le moment où il faudrait tuer ou se faire tuer pour la liberté.

— Vous resterez ici, dit le général d'un ton ferme. Deux hommes en qui j'ai toute confiance vont demeurer près de vous. Au cas où les choses tourneraient mal, ils vous conduiront en lieu sûr.

Elle comprit qu'il voulait parler de l'éventualité de sa propre mort au combat. Elle sentit son cœur battre plus fort, et, impulsivement, elle se rapprocha de lui.

— Promettez-moi d'être prudent ! supplia-t-elle.

Comme il ne répondait pas, elle reprit :

— Sans vous tout s'écroulerait. L'avenir de la Kavonie repose sur votre vie.

— Nous avons donc tant d'importance pour vous, nous autres, habitants d'un petit pays sans importance ?

— Mais bien sûr ! Je suis des vôtres maintenant. Aussi, je vous en prie, soyez prudent, supplia-t-elle, le visage levé vers lui.

Soudain, il l'attira contre lui, et ses lèvres prirent possession de sa bouche. D'abord, elle fut trop surprise pour ressentir rien d'autre que la nature impérieuse de son étreinte. Puis quelque chose d'impétueux traversa son corps comme un merveilleux rayon de lumière. Jamais elle n'avait imaginé sensation aussi intense, aussi délicieuse.

Il la serrait dans ses bras au point qu'elle pouvait à peine respirer. Il la tenait captive non plus seulement par ses lèvres, mais par son corps tout entier. Elle eut le sentiment qu'il l'emportait parmi les étoiles, qu'une aveuglante lumière les enveloppait. Il lui ravissait le cœur, elle n'était plus elle-même, mais une partie de lui.

Aussi subitement qu'il l'avait étreinte, il la relâcha et s'en alla. Elle l'entendit descendre le flanc de la montagne. L'ivresse de ce baiser la laissa chancelante et elle crut que ses jambes allaient se dérober sous elle. Comme une somnambule, elle s'assit sur sa couverture et porta les mains à ses seins pour calmer le tumulte qui les habitait.

Elle savait maintenant qu'elle l'aimait. Mais jamais elle n'aurait imaginé que l'amour ressemblait au sentiment qui l'habitait. Elle avait toujours pensé que c'était un état de douceur tiède et tranquille, semblable à ce qu'elle avait observé entre ses parents.

Mais c'était différent. Impétueux, passionné, c'était une fournaise ardente qui dévorait corps et âme.

« Je l'aime ! Je l'aime ! »

Elle l'aimait déjà lorsque, l'avant-veille, il l'avait emportée dans ses bras. Depuis la mort de ses parents, jamais elle n'avait éprouvé ce sentiment de paix et de sécurité. Après la terreur que lui avait infligée le soldat ivre, elle avait réalisé qu'Alexius Vasilas représentait pour elle un univers totalement différent de tout ce que la vie lui avait fait connaître jusque-là. « C'était l'amour », se dit-elle étonnée de ne pas l'avoir compris plus tôt.

C'est l'amour qui lui avait fait désirer si fort ses visites, sa conversation ; c'est l'amour qui lui avait fait accepter de l'épouser lorsqu'il le lui avait demandé.

Il lui avait dit que ce mariage était destiné à la protéger et à authentifier cette légende en laquelle croyaient les Kavoniens. En y repensant, elle reconnaissait que si tout autre que lui lui avait proposé cette solution, elle se serait montrée très réticente. Mais en lui elle avait placé toute sa confiance. Déjà, elle l'aimait.

« Je lui ai sauvé la vie ! se dit-elle. Je lui ai sauvé la vie ! J'ai agi ainsi non seulement pour l'avenir de la Kavonie, mais aussi parce que s'il avait péri, je serais morte aussi. »

Un bruit lui parvint. Dehors, les étoiles avaient disparu. L'aube s'installait derrière les montagnes ; sur le versant opposé, les pics avaient perdu leurs reflets argentés, et les rayons du soleil y faisaient naître d'éblouissants chatoiements.

Le bruit, continu maintenant, semblait provenir du bout de la vallée dont la route en lacets était à présent bien visible.

La veille, Théola n'avait pas remarqué qu'un torrent longeait cette route. Il n'était ni large ni profond, mais en hiver les eaux de ruissellement devaient considérablement le grossir.

La route était déserte, et pourtant le bruit se faisait plus fort. Théola comprit bientôt avec angoisse que c'était le bruit d'une troupe en marche.

Les hommes d'Alexius Vasilas devaient avoir entendu l'ennemi approcher. Tous devaient se tenir prêts, n'attendant plus que l'ordre d'ouvrir le feu que leur donnerait leur chef.

Théola aurait aimé savoir où il se trouvait pour tenter de l'apercevoir. Pourvu qu'il ne se montre pas trop téméraire, qu'il ne prenne pas de risques inutiles ! Il devait comprendre qu'il ne pouvait aider son peuple que vivant. S'il venait à mourir, les siens n'auraient plus de chef pour les inspirer. « Il faut qu'il fasse attention ! Il le faut ! » se répétait-elle fébrilement.

Ce n'était pas la première fois qu'elle lui recommandait la prudence ; mais elle venait de prendre conscience de son amour pour lui, et elle souffrait de le savoir en danger. Il pouvait recevoir une balle perdue, ou bien se faire tuer dans un corps à corps ; chaque homme de l'armée du roi devait savoir que la disparition de Vasilas ferait avorter la révolution.

Venant du sud, le bruit de bottes croissait régulièrement. Bientôt, les premiers ennemis apparurent à un détour de la vallée. En tête, marchaient un officier à cheval et deux gardes du corps du roi. Leurs casques, qui rappelaient ceux des guerriers grecs, rutilaient sous les premiers rayons du soleil. Derrière venaient les canons, ces pièces à longue portée qui pouvaient changer Zanthos en tas de ruines. Il y en avait huit, chacun tiré par quatre mules et flanqué de ses six servants. Ensuite, arrivaient d'autres officiers sanglés dans leur tunique rouge, suivis par le gros de la troupe qui marchait en formation impeccable, bien différente de la bande débonnaire et indisciplinée que commandait Alexius Vasilas.

A cette distance, Théola ne pouvait distinguer nettement leurs fusils, mais il s'agissait sûrement de modèles récents, à tir rapide ; elle pensa avec inquiétude aux vieux fusils à pierre des insurgés.

« Comment pourrions-nous l'emporter quand tant d'éléments jouent contre nous ? » se demanda-t-elle avec anxiété. Seul Dieu pouvait désormais aider l'armée du peuple. Alors, elle joignit les mains et se mit à prier.

L'officier de tête se trouvait maintenant au milieu de la vallée et, derrière lui, des soldats sortaient encore et toujours du défilé. Il devait y en avoir des centaines, et Théola pensa que le général avait sans doute sous-estimé le nombre des mercenaires qui s'étaient ralliés au roi, non seulement depuis la Kavonie, mais aussi en Grèce.

Ils progressaient à une allure régulière. Les canons cahotaient sur le sol caillouteux, et de temps en temps les soldats fouettaient les mules. Hormis le grincement des essieux, le claquement des fouets et le bruit régulier des bottes, un grand silence régnait sur le convoi. L'effet en était étrange et impressionnant. Ils étaient si nombreux ! si disciplinés ! Ces soldats étaient des professionnels bien entraînés. Entraînés à tuer !

Théola estima que peu de Kavoniens se trouvaient dans leurs rangs. Le général lui avait confié que la plupart de ses compatriotes étaient passés du côté des insurgés. Il y avait donc beaucoup de soldats de métier parmi ces hommes embusqués sur les flancs de la montagne. Mais il s'y trouvait autant de citoyens ordinaires, simples partisans d'Alexius Vasilas, qui, eux, n'avaient reçu aucune formation militaire. Ces derniers seraient probablement très vite dépassés par la force et la précision des soldats du roi.

« J'ai peur », s'avoua Théola. Ces hommes cachés derrière les rochers, dans les failles et les cavernes, n'allaient-ils pas dès le premier engagement jeter leurs armes et s'enfuir ? Non, elle ne pouvait les imaginer abandonnant un chef tel qu'Alexius Vasilas. Mais qui pouvait être sûr d'un homme n'ayant aucune expérience du feu lorsque venait le moment de risquer son bien le plus précieux, sa vie ? « Ô, Seigneur, donne-leur courage ! »

Enfin l'arrière-garde venait d'apparaître.

L'armée ennemie marchait au pas, occupant tout le fond de la vallée. Le spectacle en était terrifiant ; et Théola se dit avec amertume que peut-être Alexius Vasilas jugerait la situation sans espoir, et qu'il déciderait, pour ne pas risquer la vie des siens, de se rendre.

Mais une détonation interrompit cette triste réflexion. Son écho parut se multiplier à l'infini. L'officier de tête tomba mort. Sa monture s'enfuit au triple galop.

Ce premier coup de feu était le signal de la fusillade. Les hommes d'Alexius Vasilas firent feu depuis leurs caches. L'impeccable formation des mercenaires se disloqua ; tous couraient se mettre à couvert de chaque côté de la route. Bientôt, il ne resta plus que les mules attelées aux canons qui se cabraient, affolées par le vacarme.

Les mercenaires tirèrent des coups sporadiques. Pointant leurs armes vers les rochers qui s'étageaient au-dessus d'eux, ils ne discernaient aucune cible précise. Et leurs balles allaient ricocher sur les pierres.

Le vacarme était assourdissant ; chaque détonation se répercutait à l'infini dans les gorges et les cavernes au point de former un bruit continu.

Le feu croisé faisait beaucoup de victimes chez les mercenaires. Bientôt, quittant leurs précaires abris, ils commencèrent à fuir : d'abord les servants des canons, parce qu'ils n'avaient pas d'arme personnelle; puis leurs camarades les imitèrent. Tous jetaient leur fusil pour courir plus vite. Certains retiraient même leur tunique qui les gênait dans leur fuite.

Ainsi, très vite, les artilleurs avaient donné le signal d'une déroute pitoyable. Frappés de terreur, mus par le seul instinct de conservation, les soldats détalaient.

Théola vit un ou deux officiers tenter de rallier leurs hommes, mais leurs efforts restèrent vains. Ceux qui étaient toujours en selle s'enfuyaient au triple galop, et les fantassins les suivaient à quelque distance.

Un à un, les insurgés sortaient maintenant de leurs retranchements et descendaient dans la vallée. Théola aperçut le général qui donnait des ordres à ses hommes. La victoire était totale, et tous manifestaient leur joie par des acclamations.

Théola était la proie d'un inexprimable soulagement et un flot de larmes la submergea.

Plus tard, le colonel Petlos se présenta devant elle. Il avait mission de l'escorter jusqu'à la route où l'attendait le général. Même si son bel uniforme était couvert de poussière, il semblait extrêmement heureux. Il avait une estafilade sur la joue, et un doigt qui saignait.

— Mais vous êtes blessé !

— C'est ma faute. J'étais tellement surexcité que je suis tombé en descendant vers la route.

— Nous avons gagné !

— Une magnifique victoire ! Qui d'autre que notre général aurait su la remporter ?

— Avons-nous eu beaucoup de pertes ?

— Pratiquement pas. Quelques blessés. Ceux qui sont morts se sont exposés inutilement. Seul le général était capable de concevoir cette tactique victorieuse et de convaincre ses hommes de ne tirer qu'au dernier moment, à son signal.

Le colonel eut un rire et reprit :

— Et cela n'a pas été chose facile. Ceux qui ne sont pas soldats de métier avaient hâte de tirer à vue. Mais ils n'ont pas osé désobéir au général.

Théola avait mis son chapeau. Elle secoua le sable de sa robe, puis tendit une main gantée au colonel afin qu'il l'aide à parcourir ce terrain accidenté.

— Vous êtes étonnante ! s'exclama-t-il. A vous voir ainsi, tirée à quatre épingles, on dirait que cette expédition n'a été pour vous qu'une promenade de santé. Les hommes vont sûrement attribuer cela à votre origine surnaturelle.

— Je suis si heureuse d'être venue. Je crois que je serais devenue folle s'il m'avait fallu rester à Zanthos sans aucune nouvelle.

Si elle était heureuse de s'être trouvée avec les combattants, elle s'aperçut, tout en descendant, que ceux-ci étaient fiers qu'elle les ait accompagnés.

La plupart des hommes s'étaient rassemblés autour des canons qu'ils considéraient avec un respect mêlé de crainte ; ils comprenaient qu'en prenant à l'ennemi son arme la plus formidable, ils venaient de parer à toute possibilité de riposte. Plusieurs d'entre eux rassemblaient les fusils abandonnés par les fuyards. D'autres soignaient les blessés amis et ennemis, les installant aussi confortablement que possible.

— Dites-leur que nous allons leur envoyer des voitures pour les ramener à Zanthos où un médecin s'occupera d'eux.

Le général donnait ses ordres d'une voix forte qui couvrait le brouhaha.

Théola descendait les derniers mètres qui la séparaient de la route. Les soldats se retournèrent, et de toutes les poitrines monta une chaleureuse ovation. D'émotion, ses yeux s'emplirent de larmes. Le général la regardait ; pour l'instant, il ne pouvait approcher car les soldats faisaient cercle autour d'elle et mettaient un genou en terre pour lui baiser les mains.

Très intimidée par ces hommages, elle leur souriait et les remerciait dans leur langue. Derrière, d'autres arrivaient et se pressaient pour imiter leurs camarades.

Théola eut bientôt le sentiment que sa présence les empêchait d'exécuter les ordres du général ; elle leva la tête dans sa direction, il la regardait avec une expression étrange. Elle ne savait pas exactement si tout cela l'embarrassait ou lui faisait plaisir. Enfin, le colonel Petlos vint la chercher pour la conduire jusqu'à son cheval. Il l'aida à monter en selle.

— Voyez, madame, ils vous ont déjà canonisée, dit-il à voix basse. J'espère qu'il vous sera agréable de mener la vie d'une sainte !

Elle comprit qu'il tentait de la détendre ; elle lui sourit, mais elle était encore si émue de la réaction des soldats qu'elle ne put parler. Le général, après avoir donné ses dernières instructions, lui fit signe de le rejoindre. Et ils prirent la tête de la longue colonne d'hommes et de canons qui s'ébranlait en direction de Zanthos.

Elle savait que ce déploiement de forces était destiné à redonner confiance aux habitants de la capitale, qui feraient sans doute un triomphe à ceux qui venaient de les sauver du désastre.

Tout en chevauchant, Théola ne cessait de lancer des coups d'œil au général dans l'espoir qu'il lui parlerait. Mais toute possibilité d'une conversation intime paraissait exclue ; sans cesse on venait lui poser une question, ou bien c'était lui qui remontait la colonne pour aller donner un ordre à l'un de ses officiers.

Bien avant d'arriver à Zanthos, on s'aperçut que la bonne nouvelle avait devancé les vainqueurs. Une foule de gens vint à leur rencontre dans la plaine. Lorsqu'ils arrivèrent en ville, toutes les maisons étaient pavoisées. Les ovations, les pluies de fleurs, les folles réjouissances dépassaient tout ce que Théola aurait pu imaginer. Ils traversaient maintenant la Grand-Place où leurs chevaux foulaient un tapis de roses. Les acclamations étaient assourdissantes ; des vieilles femmes pleuraient de joie. Parfois, ils étaient contraints de s'arrêter tant la foule était compacte.

Les femmes voulaient toucher Théola, lui offrir des brassées de fleurs. Comme il lui était impossible de lâcher ses rênes, les bouquets tombaient à terre.

Elle eut l'impression que l'on avait mis des heures pour atteindre le palais. La foule se pressa jusque dans la cour d'honneur et le général mit pied à terre. Le colonel Petlos, qui avait chevauché en deuxième position, aida Théola à descendre de cheval. Elle gravit le perron et se retourna pour embrasser la foule du regard.

La multitude emplissait la cour et, aussi loin que portait la vue, elle noircissait l'avenue. Partout, sur le faîte des murs, dans les arbres, on agitait les bras, on criait, on chantait, et c'était comme une gigantesque action de grâces s'élevant vers le ciel.

Théola salua longuement au point d'en avoir le bras douloureux. Enfin, le général la conduisit à l'intérieur.

— Vous devez être très fatiguée, lui dit-il. Allez donc vous reposer dans votre chambre. Je vais vous faire porter un plateau.

C'étaient les premières paroles qu'il lui adressait depuis qu'il l'avait quittée au petit jour. Elle voulut répondre mais, déjà, il s'était éloigné, entouré d'une ruée d'officiers attendant ses instructions. Elle monta les escaliers et s'aperçut qu'elle était exténuée, même si la joie et l'ivresse de ces derniers instants l'animaient encore. Magara l'attendait et baisa l'une après l'autre les mains qu'elle lui tendait.

— Nous avons gagné, Madame ! dit-elle avec des sanglots dans la voix. Nous sommes libres, grâce au général, et grâce à vous !

— Oui, nous avons gagné. Magara, j'ai dormi tout habillée et je me sens très sale. Je voudrais prendre un bain. Ensuite, j'irai dormir un peu.

— Vous avez raison, Madame. Car vous allez avoir beaucoup à faire.

Magara fit apporter une baignoire dans la chambre. On y versa l'eau contenue dans d'immenses brocs d'argent frappés aux armes royales. « Ils doivent représenter un énorme travail », se dit Théola presque machinalement.

L'eau chaude et parfumée lui procura une grande détente ; bientôt ses yeux se fermèrent d'épuisement. Magara l'aida à se sécher, elle se mit au lit et s'endormit immédiatement.

Lorsqu'elle ouvrit les yeux, sa fatigue avait disparu ; elle se sentait revigorée, alerte et tout excitée. Elle fit tinter la clochette de son chevet. Magara survint aussitôt.

— J'hésitais à venir vous réveiller, Madame. Savez-vous qu'il est l'heure de vous habiller pour dîner ?

— Il est si tard ! s'exclama Théola quelque peu désappointée. Comment ai-je pu dormir si longtemps alors que j'ai tant à faire ?

— La foule est toujours dehors et vous réclame. Il a fallu que le général aille se montrer plusieurs fois ; mais il ne voulait pas vous réveiller.

— Il doit être exténué lui aussi.

Magara s'esclaffa.

— Cela m'étonnerait, Madame ! Tout le monde sait qu'il est infatigable. On ne vous l'a jamais dit ?

— Non, jamais.

— Un jour qu'il rendait visite à ses partisans dans la montagne, il a trouvé un petit garçon, le fils d'un berger, qui s'était blessé à la jambe en tombant dans un ravin. Le petit serait mort si le général ne l'avait pas découvert.

» Comme il n'y avait pas de médecin dans le secteur, il a marché trois jours et trois nuits, le portant dans ses bras pour le conduire dans un endroit où on l'a soigné !

— Incroyable !

Magara se mit à sourire.

— Oui, c'est quelqu'un d'étonnant. Il est différent des autres hommes. Tout comme vous, Madame, êtes différente des autres femmes !

— Ne dites pas ça. J'ai bien peur d'être tout à fait ordinaire.

— Personne en Kavonie ne le croira, après vous avoir vue hier telle la nymphe de la légende, et sachant que vous nous avez apporté la victoire.

— Mais ce n'est pas moi qui ai remporté la victoire. C'est le général !

— Oui, le général aussi. Mais il paraît que si vous ne lui aviez pas sauvé la vie, il n'y aurait pas eu de victoire, et en ce moment nous serions bien loin de nous réjouir.

Théola eut l'air surpris.

— Mais qui vous a dit cela ?

— C'est le général. Cet après-midi, quand il s'est montré sur le perron, il nous a dit que s'il était encore de ce monde, c'était grâce à vous. Oh, Madame, vous comprenez pourquoi nous vous croyons venue de chez les dieux pour nous apporter le bonheur ?

Théola ne répondit pas. Elle était surprise que le général ait dévoilé ce qu'il s'était passé. En expliquant ainsi cet incident à son peuple, il reconnaissait implicitement que sa vigilance n'était pas toujours en éveil et qu'un ennemi pouvait l'approcher et le frapper à mort. Négligeant cet aveu de faiblesse, il avait choisi de faire d'elle une héroïne et de renforcer les sentiments que lui portait le peuple.

Elle se demandait si le général tenait un peu à elle. Jusqu'à présent elle n'avait pas osé s'imaginer qu'il pût l'aimer. Certes, il l'avait embrassée, mais qu'est-ce que cela prouvait ? Avant d'aller se battre, tout homme devait donner un baiser d'adieu à celle qui le suppliait d'être prudent. Ce merveilleux baiser l'avait-il, lui aussi, transporté dans un autre monde ? Avait-il eu l'impression qu'une lumière étourdissante les enveloppait ? Et ce feu dont elle s'était sentie parcourue, l'avait-il également éprouvé ?

Jamais auparavant on ne l'avait embrassée, et elle ignorait ce qu'un homme et une femme ressentent ordinairement en s'embrassant.

Elle savait en revanche que, pour elle, cet instant avait été merveilleux, et qu'elle ne serait plus jamais la même. Dans son cœur, ce souvenir était comme le plus précieux des joyaux ; rien ne lui paraissait comparable, sinon peut-être cette lumière dont son père parlait toujours, et dont elle n'avait jamais vraiment compris la nature jusqu'à ce que les lèvres d'Alexius Vasilas la fassent naître en elle.

« Je l'aime ! se dit-elle. Mais il ne faut pas qu'il le sache, s'il ne m'aime pas lui-même ! » S'il l'avait aimée, il lui aurait parlé, ou au moins baisé la main, ce matin-là, avant de repartir pour Zanthos. Elle aurait voulu qu'il lui parle tandis qu'ils chevauchaient côte à côte à la tête de l'armée.

Lorsque, sur le perron, il lui avait donné la main, elle avait senti qu'il ne pensait pas à elle, mais à ces gens qui l'avaient choisi pour guide.

Il lui eût été pourtant facile de monter lui dire un mot avant qu'elle s'endorme. Magara lui avait demandé si elle désirait manger ou boire quelque chose, mais elle avait décidé d'attendre l'heure du dîner, qu'elle espérait passer en tête à tête avec lui.

A présent, elle était impatiente de le voir et n'avait qu'une idée en tête : s'habiller au plus vite.

— Que vais-je mettre, Magara ?

— J'ai repincé toutes les robes pour que vous puissiez les porter, Madame.

— Comment avez-vous pu faire tout cet ouvrage ?

— Je n'ai pas arrêté une minute, Madame. En fait, j'ai travaillé toute la nuit !

— Magara ! Mais vous êtes folle ! Vous devez être épuisée !

— Comment aurais-je pu dormir alors que vous étiez peut-être en danger, là-bas, dans la montagne ?

Théola fut très touchée.

— Vous auriez dû penser que j'étais en sécurité auprès du général.

— Vous n'aviez peut-être rien à craindre auprès de lui, Madame, mais lui, sans vous, avait tout à craindre !

« C'est vrai », pensa Théola. Si elle avait dormi, ou si, comme lui, elle s'était allongée sur le dos, quittant ainsi des yeux l'entrée de la caverne, l'assassin aurait pu commettre son crime.

— Je crois que c'est Dieu qui nous a protégés, dit-elle.

— Après-demain, il y aura une action de grâces dans la cathédrale. Les gens se demandent quand aura lieu le couronnement.

— Le couronnement ?

— Alexius Vasilas est le légitime héritier du trône. Son père a régné pendant quinze années, et son grand-père pendant vingt ans.

Magara se tut puis, voyant qu'elle avait suscité l'intérêt de Théola, elle reprit :

— Le pays alors n'était pas unifié comme il l'est aujourd'hui. Il y avait plusieurs principautés dont les princes revendiquaient de vastes territoires.

— Que sont-ils devenus ?

— La plupart se sont dressés contre Ferdinand quand il est monté sur le trône. Ils sont morts soit au combat, soit sur l'échafaud.

— Et il n'en reste aucun ?

— Aucun qui ait quelque importance. C'est pourquoi Alexius Vasilas sera roi de toute la Kavonie.

Théola détourna la tête. Il était ridicule de penser, ne serait-ce qu'une seconde, qu'elle puisse être reine. Catherine aurait aimé cette vie fastueuse mais Théola savait qu'elle n'était pas faite pour ce genre d'existence.

Pour la première fois, elle pensa qu'Alexius Vasilas ne savait rien d'elle sinon qu'elle était la nièce du duc. Son oncle lui avait dit que jamais elle ne se marierait pour racheter la conduite déshonorante de sa mère. Alexius Vasilas jugerait-il cette conduite déshonorante ?

Il était prince et noble. Jamais elle n'avait pensé à lui sous cet aspect. Elle se souvenait toujours de lui le jour où il était sorti de la maison aux volets clos, en costume de paysan, prendre la petite blessée dans ses bras. Son uniforme était toujours sans décorations, hormis l'insigne de cet ordre religieux qu'il avait porté le jour de leur mariage. Et pourtant, il était d'ascendance royale ! Il appartenait à une dynastie aussi ancienne, sinon plus que celle de Ferdinand.

« Il faut qu'il sache », se dit-elle. Mais quelle serait sa réaction ?

Cependant, Magara attendait toujours qu'elle choisisse une robe. Mais il y en avait tant, et si différentes de tout ce qu'elle avait eu la possibilité de porter jusqu'à présent !

Soudain, elle se sentit intimidée, honteuse presque. Comment osait-elle, elle dont son oncle avait dit qu'elle n'était guère plus qu'une servante, se pavaner dans un palais royal, porter le trousseau de sa cousine, et abuser ainsi le prince héritier de Kavonie en lui faisant croire qu'elle était une personne de qualité ?

« Si dès le début il avait su que je ne suis pas celle que je parais être, pensa-t-elle tristement, peut-être n'aurait-il même pas suggéré que nous nous mariions. » Il avait bien précisé que le mariage civil pourrait être annulé dès que la guerre serait terminée, mais il n'avait pas prévu que l'union serait célébrée dans la cathédrale, selon le rite de sa foi.

« Que faire ? » se demandait-elle. Son silence ne pouvait qu'aggraver les choses. Tôt ou tard, Alexius Vasilas découvrirait la vérité à son sujet. Elle était certaine que le duc, s'il apprenait ce mariage, se chargerait de tout révéler. « Il me dénoncera ! » pensa-t-elle avec une pointe d'angoisse.

Cette révélation suffirait à Alexius Vasilas pour faire annuler leur mariage.

— Il faut vous habiller, Madame, intervint Magara.

Théola se rendit compte qu'elle se tenait depuis un long moment debout face aux robes de Catherine, complètement absorbée dans ses pensées.

— Selon vous, Magara, laquelle conviendrait le mieux ?

— Hier, tout en blanc, vous paraissiez une sainte, Madame. A mon avis, ce soir vous devriez vous habiller comme une épouse. C'est ce que tout jeune marié pourrait souhaiter.

Comme Théola ne répondait pas, Magara décrocha une robe rose pâle. L'ayant passée, Théola s'aperçut que cette couleur s'harmonisait parfaitement avec la blondeur de ses cheveux et la blancheur de son teint. Elle semblait un bouton de rose, et d'ailleurs sa traîne et le devant de son corsage en étaient parsemés. Cependant, dévorée d'inquiétude, elle ne s'intéressa guère à son reflet dans la psyché, qu'elle aurait pu contempler tout à loisir tandis que Magara la coiffait. La touche finale fut un petit bouquet de roses à peine ouvertes, accroché parmi ses boucles sur l'arrière de son chignon.

Elle était juste prête lorsque l'on frappa à la porte. Magara alla ouvrir et revint quelques secondes plus tard pour annoncer d'une voix où perçait la déception :

— Le général vous envoie ses compliments, Madame, mais il vous fait dire qu'il a trop à faire pour dîner avec vous. Il vous a fait monter votre repas.

« J'aurais dû m'y attendre, se dit Théola. Je ne lui suis plus d'aucune utilité. » Mais Magara n'avait pas terminé :

— Le général vous fait dire qu'il passera plus tard dans la soirée.

— Oui, je comprends, dit Théola d'une voix blanche.

Pour elle la bataille était terminée, et elle était sûre de l'avoir perdue.

6

— Mais vous n'avez rien mangé, Madame, se désola Magara en entrant pour desservir.

— Je n'ai pas faim.

— Mais vous devriez être affamée, Madame ! Vous n'avez presque rien mangé hier, et rien du tout la nuit dernière. Et lorsque je vous ai apporté de quoi vous restaurer à votre retour, vous étiez si profondément endormie que je n'ai pas eu le cœur de vous réveiller.

— Je n'ai pas faim, répéta Théola.

Inquiétude et tristesse lui serraient la gorge au point qu'elle ne pouvait rien avaler. Elle se leva de table et marcha jusqu'à la fenêtre.

Naguère elle s'était sentie confinée dans ce palais, avec pour seul paysage l'étendue monotone de ces jardins trop ordonnés ; mais aujourd'hui elle désirait par-dessus tout vivre ici, auprès d'Alexius Vasilas, et participer à ses projets pour l'avenir de la Kavonie.

Elle entendit Magara sortir. Dehors, le soleil plongeait dans une fournaise rougeoyante, et pourtant il lui semblait que déjà il faisait nuit, une nuit qui lui enveloppait cœur et âme. Cependant, persistait en elle l'extase qu'elle avait connue lorsqu'il l'avait embrassée. Au seul souvenir de cet instant, une vive chaleur s'épanouissait en elle et ses lèvres palpitaient du désir de toucher les siennes. « Je l'aime ! Je l'aime tant ! Mais pour lui je ne serai jamais rien d'autre que... qu'une marionnette. »

L'idée que peut-être il aimait cette princesse Athene à laquelle Magara avait fait allusion, était comme un épieu planté dans son cœur. A quoi ressemblait cette femme ? Était-elle belle ? Peut-être représentait-elle pour lui la femme idéale ? Elle avait sans doute un visage typé aux traits helléniques tout comme Alexius Vasilas, et cette idée était une véritable torture pour Théola. Peut-être était-elle la parfaite Aphrodite de cet Apollon ? Lorsqu'il régnerait sur la Kavonie, qui d'autre qu'elle souhaiterait-il garder à son côté ?

Elle comprenait combien il lui avait été facile de la substituer dans l'esprit de son peuple à Catherine, pour accréditer la légende. Son père ne lui avait-il pas toujours dit qu'elle ressemblait à une nymphe ? Les paysans avaient dû voir en elle l'incarnation de leurs espérances.

« Tout cela n'a été qu'une habile représentation théâtrale », se dit-elle amèrement. Et l'émotion ressentie pendant la cérémonie, la ferveur de ses prières dans la caverne, tout cela se dissipait à présent.

Elle se sentait toute petite et dérisoire, une personne sans importance, « guère plus qu'une servante », comme le lui avait dit sa tante.

Et le soleil déclinait.

C'était l'instant délicat où les ombres, en s'allongeant, paraissaient amasser des secrets, où la pâleur lunaire des statues trouait encore la nuit naissante.

Mais Théola ne voyait que le beau visage d'Alexius Vasilas, son front haut, son nez droit, son menton volontaire, et son regard plongeant dans le sien.

Que pensait-il ? Quels étaient ses sentiments ? Il resterait toujours une énigme, jamais elle ne le comprendrait.

Un coup fut frappé à la porte. Elle se retourna vivement, le cœur battant. Qui allait entrer ?

Elle répondit en kavonien. La porte s'ouvrit sur lui, sur Alexius Vasilas. Elle était si heureuse de le voir qu'elle dut se contenir pour ne pas s'élancer vers lui.

Mais deux soldats entraient à sa suite ! Ils se campèrent bien droits de chaque côté de la porte. Elle les regarda, déconcertée, puis se tourna vers le général. Il fit quelques pas dans sa direction et s'immobilisa au centre de la pièce. Son visage affichait une expression qu'elle ne comprenait pas.

— Je voudrais vous parler, dit-il en anglais.

— Je... j'attendais votre venue. Mais pourquoi ces soldats ?

— Ils sont ici pour vous protéger.

— Me protéger ? Mais de quoi ?

— De moi !

Elle crut avoir mal entendu. Il reprit :

— La nuit dernière, j'ai abusé de votre confiance. Aujourd'hui, je fais en sorte que cela ne se reproduise pas.

— Je... je ne saisis pas.

— Je n'en crois rien. Ce que j'ai à vous dire ne va pas être long.

Soudain, elle comprit. Il faisait allusion au baiser qu'il lui avait donné avant de quitter la caverne. Son attitude présente la bouleversait au point qu'elle était au bord des larmes. Très vite, elle dit :

— Renvoyez ces soldats ! Je ne veux pas vous parler tant qu'ils seront dans cette pièce !

Le général ne bougeait pas.

— Est-il bien sage de faire une telle demande ?

De crainte qu'il ne vît son émoi, elle retourna se poster à la fenêtre.

— Renvoyez-les ! répéta-t-elle d'une voix vibrante d'émotion. Leur présence ici est une insulte !

— Je ne voulais pas vous offenser.

Il congédia ses hommes. Théola les entendit sortir et la porte se referma. Elle contemplait le crépuscule. Les jardins, si paisibles, paraissaient glisser lentement vers un avenir impénétrable et menaçant.

— Je suis venu vous dire qu'un navire anglais fait escale à Khévéa. Sur l'heure, une voiture vous y conduira.

Théola resta pétrifiée. Puis, lentement, elle se retourna. Jamais elle ne lui avait vu une expression aussi dure.

— Un navire ?

— Un navire anglais. Peut-être se rend-il à Athènes ? Ainsi vous pourrez retrouver vos oncle et cousine. S'il regagne directement l'Angleterre, vous serez bientôt chez eux.

Elle avait du mal à en croire ses oreilles. Même s'il ne tenait pas beaucoup à elle, elle ne concevait pas qu'il pût la renvoyer aussi vite et exiger que son départ se fît sur l'heure.

De même que celui qui se noie revoit en une fraction de seconde l'ensemble de sa vie, elle entrevit ce qui l'attendait en Angleterre : ce château glacial, une existence passée à des tâches ingrates dans une atmosphère de haine. Laissant ainsi son cœur en Kavonie, ce qui lui avait été difficilement supportable lui serait désormais intolérable.

Elle avait conscience qu'il lui aurait été douloureux de vivre auprès d'Alexius Vasilas un amour non partagé ; mais il lui serait infiniment plus pénible de vivre en Angleterre, loin de lui, avec la certitude de ne jamais le revoir. Sa voix semblait lui parvenir de très loin, lorsqu'elle l'entendit déclarer :

— Je vous remercie de ce que vous avez fait pour la Kavonie, mais je crois bien agir en vous renvoyant parmi les vôtres.

— Je... je croyais que nous étions mariés, balbutia-t-elle.

— L'annulation du mariage civil sera facile à obtenir. Et même si cela prend un certain temps, je suis certain d'obtenir la même chose de l'Église. Je ferai valoir le fait que vous avez été contrainte au mariage sans réflexion ni préparation.

« Il a pensé à tout », pensa-t-elle désespérée. Alors, bien qu'elle eût le sentiment que tout avait été dit, elle supplia :

— Je vous en prie... laissez-moi rester.

Elle le vit se raidir.

— Vous devez bien comprendre que c'est impossible.

— Mais pourquoi ? Je ne vous... gênerai pas. Vous n'aurez pas à vous soucier de moi. Je pourrais peut-être travailler, aider les gens.

— Ceci n'a rien de raisonnable, dit-il d'une voix dure.

— En attendant que l'on construise un hôpital, reprit-elle éperdue, je pourrais soigner les malades, surtout les enfants.

— Il est préférable que vous retrouviez l'existence que vous connaissez. Vous n'avez pas idée des difficultés, des dangers que peut réserver l'avenir.

— Je n'en ai pas peur. Je vous ai accompagné, hier.

— C'était très courageux. Mais une autre fois nous n'aurons peut-être pas autant de chance.

— Une autre fois ? Se peut-il que le roi attaque de nouveau ? Vous détenez ses canons, et j'ai peine à imaginer que les rares survivants de son armée puissent constituer une menace sérieuse.

— Je ne parlais pas du roi. Il y a d'autres difficultés.

— Lesquelles ?

— Cette discussion est sans objet. D'ailleurs le temps presse. Il vous reste à faire vos bagages, et Khévéa est à deux heures d'ici.

— Mais il est sûrement trop tard pour faire un tel trajet de nuit, hasarda-t-elle.

— Le colonel Petlos vous accompagnera avec un détachement de cavalerie. Je viendrai vous saluer lorsque vous serez prête.

Déjà, il allait sortir.

— Je ne peux pas m'en aller ! Je vous en supplie... laissez-moi rester ! Il y a tant de choses que je peux faire ici !

— Non !

Ce refus, bref, sans appel, parut se répercuter sur les murs de la pièce.

— Je vous ai dit que je ne vous encombrerai pas. Je ne vivrai même pas au palais, si vous ne voulez pas de moi ! Mais laissez-moi rester en Kavonie !

— Non !

Théola sentit qu'elle allait perdre toute retenue. Sa gorge se serrait, étranglée de sanglots. Elle voyait Alexius Vasilas marcher vers la porte. Il allait sortir de sa vie pour toujours. Et avec lui s'en irait la lumière. Elle allait passer le restant de son existence dans les ténèbres.

Il tournait la poignée.

— J'ai... j'ai quelque chose à vous demander.

Sa voix n'était guère plus qu'un murmure, et elle craignit qu'il ne l'ait pas entendue.

— De quoi s'agit-il ?

Jamais question n'avait été formulée d'un ton aussi indifférent, aussi froid et distant.

— Voulez-vous me... me donner un baiser d'adieu ?

Elle crut d'abord qu'il allait refuser. La longueur de la pièce les séparait ; aussi, les yeux noyés de larmes, elle ne put voir son expression lorsqu'il se retourna. Très lentement, il revint vers elle. Théola l'entendait, plus qu'elle ne le voyait approcher. Son cœur battait à tout rompre ; ses lèvres palpitaient. Ce serait le dernier baiser qu'elle recevrait, l'ultime joie de son existence.

— Pourquoi me demandez-vous une telle chose ? dit-il.

Sa voix avait un son étrange et nouveau. Il se trouvait encore à plusieurs mètres d'elle. Elle aurait voulu le regarder, mais les larmes l'en empêchaient. Alors, elle ferma les yeux, leva un peu la tête et murmura :

— Embrassez-moi... s'il vous plaît... embrassez-moi.

Cette supplique montait du plus profond d'elle-même. Il ne bougeait pas, et elle se crut définitivement rejetée. Puis, subitement, il s'avança, non pour la prendre dans ses bras, mais pour lui saisir la main.

— Venez !

Théola eut la surprise de se sentir entraînée à travers la pièce. Ils sortirent, passèrent entre les deux sentinelles. Il marchait si vite que, dans les escaliers, elle dut relever les pans de sa robe rose pour ne pas trébucher. Les gardes se mirent au garde-à-vous lorsqu'ils franchirent l'entrée d'honneur. Lui tenant toujours la main, il lui fit dévaler les marches du perron. Dans la cour stationnait une voiture découverte. Il l'y fit monter, s'installa à son tour et lança un ordre au cocher. Les chevaux s'élancèrent. Théola se laissa aller contre le dossier, hors d'haleine, éberluée.

Que se passait-il ? Pourquoi agissait-il ainsi ? Se pouvait-il qu'il l'emmenât prendre le bateau telle qu'elle était, sans lui laisser le temps de se changer ou de prendre ses bagages ? Elle aurait voulu lui demander ce qu'il se passait ; mais l'émotion, les larmes et les sanglots la submergeaient, et tout paraissait danser devant ses yeux. Elle n'était certaine que d'une chose : il se trouvait près d'elle, même s'il ne l'avait pas embrassée comme elle le lui avait demandé.

« Quelle impudeur une chose pareille », se dit-elle. En refusant, il lui avait fermé la porte du paradis. « Je ne peux rien faire d'autre », se résigna-t-elle.

Elle l'avait supplié de lui permettre de rester, et elle avait échoué. Elle lui avait demandé ses lèvres, et il lui avait refusé cet ultime instant de bonheur. Voici maintenant qu'il la renvoyait, et elle n'y pouvait plus rien changer.

Soudain, la voiture s'arrêta. Théola ouvrit les yeux et vit une grande maison blanche. Entourée de grands cyprès, elle était très belle. Un valet se précipita pour ouvrir la portière. Alexius Vasilas descendit, puis donna la main à Théola qui frémit à ce contact. Il la conduisit à l'intérieur. Elle entrevit une entrée aux murs blancs où des vases d'albâtre dispensaient une douce lumière.

Toujours en silence, il la fit entrer dans un salon où régnait la même luminosité et dont les grandes fenêtres s'ouvraient sur un jardin.

Mais Théola ne prenait pas garde au décor car son attention se portait irrésistiblement vers l'homme qui était près d'elle. La porte se referma derrière eux. Alors, il relâcha sa main et demeura debout, près d'elle, à la regarder. Elle frémit de le sentir si proche. Il ne disait toujours rien et, au bout d'un moment, elle demanda :

— Pourquoi m'avez-vous conduite ici ? Où sommes-nous ?

— Je veux que vous me répétiez ce que vous m'avez demandé au palais, dit-il. Je ne suis pas certain d'avoir bien entendu.

Quelque chose dans sa voix la fit tressaillir. De nouveau, elle avait du mal à parler, mais pour une tout autre raison cette fois. Il n'avait pas bougé ; il attendait.

— Je... vous ai demandé de m'embrasser, souffla-t-elle.

— Êtes-vous sûre que c'est ce que vous voulez ? fit-il en s'approchant un peu.

Elle leva son visage vers le sien. Oui, elle désirait ce baiser plus que tout au monde.

Alors, très lentement, il la prit dans ses bras. Et ses lèvres se posèrent sur les siennes. Comme la nuit précédente, elle sentit naître en elle le plaisir, plus intense, plus merveilleux que ce dont elle se souvenait. Elle se serrait contre lui, toujours plus fort ; elle aurait voulu que son corps se fonde au sien, et devenir une partie de lui-même. Elle sentait en elle des flammes qui bientôt s'épanouirent en une corolle de lumière intense, aveuglante presque.

« Je t'aime ! Je t'aime ! » aurait-elle voulu lui crier.

Le paradis n'était rien comparé à cette extase parfaite qui la faisait frémir dans ses bras et réagir à ses lèvres par toutes les fibres de son être. Elle avait tout oublié, son propre malheur, et même sa peur de l'avenir.

Des siècles peut-être s'étaient écoulés quand leurs bouches se séparèrent. Il plongea son regard dans le sien.

— Était-ce là ce que vous vouliez ? demanda-t-il d'une voix altérée.

Elle gardait de ses émotions comme un vertige, et aussi une ineffable agonie à l'idée que l'extase venait de s'achever. Elle voyait ses lèvres toutes proches et se languissait déjà de les retrouver, sans oser cette fois le demander.

— Pourquoi vouliez-vous que je vous embrasse ? demanda-t-il.

— Je vous aime ! murmura-t-elle. Je vous en prie... laissez-moi rester en Kavonie.

Il la serra dans ses bras.

— Croyez-vous vraiment que je pourrais vous laisser partir ?

— Mais... vous vouliez me renvoyer.

— Seulement parce que j'avais trahi votre confiance.

— Je ne comprends pas.

— Alors même que je vous assurais que notre mariage n'existerait que sur le papier, je savais qu'il me serait difficile de ne pas vous toucher, de ne pas vous faire mienne, mais je me croyais capable de me dominer. Il m'a bien fallu admettre que j'étais aussi faible et peu digne de confiance que le soldat qui vous a agressée.

— Vous me désiriez même avant notre mariage ? demanda Théola, incrédule.

— Je vous ai aimée à la seconde où je vous ai vue !

— Mais... vous me regardiez avec mépris !

— Seulement parce que je vous associais aux personnes de cette escorte. Mais vous étiez la plus belle femme que j'eusse jamais vue.

— Ce n'est pas vrai ! se récria-t-elle en repensant à l'apparence terne qu'elle devait avoir ce jour-là dans l'épouvantable robe de voyage que sa tante lui avait choisie.

— J'avais conscience, tandis que nous transportions cette petite jusqu'à la maison, que quelque chose d'étrange m'arrivait. Je n'étais pas seulement épris de votre beauté, mais aussi de votre âme qui, je le sentais, me touchait. Tandis que je glissais entre les doigts des soldats, je me suis dit qu'il fallait que je vous revoie.

— Vous ne vous attendiez pas à me retrouver abandonnée seule au palais ?

— Non, j'en ai été surpris, et aussi submergé par une joie qui surpassait tout autre sentiment, même le bonheur d'avoir vaincu les Autrichiens !

— Jamais je n'ai pensé, ni même rêvé que vous puissiez m'aimer.

— Et maintenant vous le savez !

Sans attendre de réponse, il s'empara de ses lèvres. Elle sentit la pièce tournoyer et disparaître. Et ne demeurait que la lumière, cette lumière qu'elle savait provenir d'Apollon. Il l'emportait vers un monde merveilleux où les paroles sont inutiles.

Dans le jardin, les rossignols chantaient. Par la fenêtre ouverte, Théola voyait la lune, cette lune qui la nuit précédente éclairait la vallée tandis qu'elle priait pour la victoire. Ses prières avaient été entendues, et à présent, personne sur cette terre ne pouvait être plus heureux qu'elle.

— Je vous aime, mon amour !

La voix chaude d'Alexius Vasilas l'invita à se pelotonner contre lui. Il laissa errer ses lèvres sur son front puis ses joues.

— Je ne savais pas qu'une femme pouvait être aussi douce, aussi parfaite ! M'aimez-vous toujours ?

— Je vous aime... plus que les mots ne peuvent le dire, répondit-elle. Lorsque vous m'avez embrassée pour la première fois, j'ai pensé qu'un bien-être plus intense ne pouvait se concevoir, mais maintenant...

— Maintenant ?...

Elle nicha son visage dans son cou.

— A présent j'ai peur ! souffla-t-elle.

— Et de quoi donc ?

— J'ai peur d'être en train de rêver... de ne pas vous retrouver à mon réveil.

— Je vous promets qu'une telle chose n'arrivera pas. Vous m'appartenez, Théola, vous êtes ma femme, et rien ni personne ne nous séparera.

— Alors... vous m'aimez vraiment ?

— Il me faudra l'éternité pour vous dire combien je vous aime ! Vous représentez tout ce que j'ai toujours attendu sans jamais le trouver, cet idéal qui était ancré dans mon cœur et que je finissais par croire illusoire.

— Ne parlez pas ainsi, cela m'intimide plus encore que les soldats qui m'embrassaient les mains, et les femmes le bas de ma robe. J'ai l'impression de ne pas être à ma place.

— Mais justement, votre place est ici !

— Comment pouvez-vous en être si sûr !

— Parce que vous êtes la nymphe jaillie de l'écume, et parce que nous nous sommes reconnus non seulement par le regard, mon adorée, mais aussi dans notre cœur et notre âme.

— Pourtant, vous vouliez me renvoyer...

Même si elle se savait maintenant à lui, sa voix en prononçant ces mots, tremblait encore d'émotion.

— J'avais honte de ma conduite, j'étais sûr de vous avoir choquée et de vous répugner. Pour réparer ma faute, je me suis senti obligé de vous renvoyer chez vous.

— En Angleterre, je n'ai pas de foyer, commença-t-elle.

Elle ne lui avait encore jamais parlé de son père. Ils avaient d'ailleurs tant de choses à se dire. Cependant, comme elle s'apprêtait à lui parler de sa vie passée, elle sentit sa main la toucher, éveillant en elle des sensations encore inconnues.

— Je vous aime ! dit-il. Je vous aime si totalement, si complètement qu'il va m'être difficile, mon doux rêve, de penser à ce qu'il me reste à faire pour la Kavonie, car je me sens incapable de vous chasser de mes pensées.

Elle ne put répondre. De nouveau, il cherchait ses lèvres, et elle sentit monter en elle un désir brûlant, passionné, douloureux presque.

— Vous êtes pareil à Apollon, murmura-t-elle. Je l'ai pensé la première fois que je vous ai vu, et je sais maintenant que vous êtes le dieu de la lumière.

Il l'embrassait dans le cou. D'une voix ponctuée de soupirs, elle continua :

— Mon père m'a dit qu'il savait conquérir par la force de sa beauté et par le pouvoir de l'amour.

— Est-ce de cette façon que je vous ai conquise ?

— Oui !... Oh, oui !...

Et ils n'éprouvèrent plus le besoin de parler.

Théola se réveilla alors qu'elle rêvait qu'on la couvrait de baisers. Penché sur elle, Alexius laissait errer ses lèvres sur son corps. Elle ouvrit les yeux, la chambre était pleine de soleil. Dehors, les oiseaux s'égosillaient, et l'on entendait bruire doucement l'eau d'une fontaine.

— Vous êtes très belle le matin, ma chérie, murmura Alexius.

Elle vit qu'il était déjà habillé.

— Vous me quittez ? dit-elle dans un cri de détresse.

— Il faut que j'aille travailler, mon trésor. C'est ce que disent à cette heure-ci tous les hommes de la terre. Et c'est tout spécialement vrai pour moi, ce matin.

— Pourquoi ne m'avez-vous pas réveillée en vous levant ?

— Vous dormiez comme une enfant, et je n'ai jamais rien vu d'aussi joli que votre visage en cet instant-là.

Elle leva le bras pour écarter les mèches de ses cheveux. Les draps glissèrent, découvrant sa nudité. Aussitôt, rougissante, elle s'empressa de se recouvrir.

— Mais... je n'ai rien à mettre aujourd'hui !

— Magara vous aura sûrement apporté des vêtements, dit-il dans un sourire. Pour ma part, je vous aime autant comme ceci !

— Ne me regardez pas, cela me gêne !

— Vous êtes ma femme, et puis, traditionnellement, les nymphes sont très légèrement vêtues.

Il écarta les draps et déposa un baiser sur ses seins. Puis il embrassa ses lèvres et elle vit le feu qui habitait son regard.

— J'ai envie de vous ! Dieu sait combien je vous désire ! Mais si je ne m'en vais pas immédiatement, le pays va penser que son nouveau dirigeant est un dilettante. Si j'avais le choix, je resterais toute la journée auprès de vous pour vous aimer et vous dire combien vous êtes délicieuse et parfaite. Mais je dois m'occuper de former un nouveau gouvernement et nommer des gens à des postes de responsabilité.

Avec peine, il s'éloignait. Mais Théola lui tendit les bras.

— Embrassez-moi encore une fois.

Il revint pour l'étreindre passionnément. Mais, quand il sentit ses lèvres s'animer, son corps frémir, il lui ferma les yeux d'un baiser sur les paupières, et dit :

— Il ne faut pas me tenter, Théola ! Si seulement vous saviez comme c'est difficile de vous laisser ! Dès que j'aurai mis en place un semblant d'ordre, nous partirons en lune de miel. Je veux vous emmener dans la montagne voir la hutte où j'ai vécu ces dernières années. Même si l'aménagement en est très primitif, au moins nous y serons seuls.

— Voilà ce dont je rêve, être seule avec vous. Est-ce que vraiment nous irons ?

— Dès que possible, mon cher cœur, mon adorable petite femme.

Il la laissa aller contre les oreillers et partit d'un pas décidé vers la porte.

— Quand vous reverrai-je ?

— Pour le déjeuner. Même l'homme le plus accablé de travail a droit à une pause à midi.

Il lui adressa un sourire et sortit. Avec un soupir de bonheur, elle se retourna vers la fenêtre.

Au cours de la nuit, il lui avait expliqué que cette villa appartenait à la famille de Nicias Petlos. Lorsque Alexius Vasilas et sa mère étaient partis en exil, ils avaient rassemblé ici le trésor des Vasilas. Le père de Nicias Petlos avait sauvé la vie de

Ferdinand au début de son règne. Un anarchiste avait lancé une bombe dans sa voiture ; le vieux colonel l'avait saisie et jetée sur la route avant qu'elle explose. Le roi lui en avait été très reconnaissant. Alors que tous les officiers kavoniens étaient congédiés, le colonel Petlos et, plus tard, son fils étaient restés en place et avaient reçu des privilèges auxquels aucun de leurs compatriotes ne pouvait prétendre.

Toutefois, la famille Petlos s'était peu à peu mise à désapprouver le régime de Ferdinand. Au bout de quelques années, le colonel Petlos avait donné sa démission, prétextant son âge. Son fils, en revanche, sur l'insistance d'Alexius Vasilas, secrètement revenu en Kavonie, avait conservé son poste.

— Demain je vous montrerai tous les trésors que ma famille se transmet de génération en génération, avait dit Alexius à Théola.

— J'aimerais beaucoup les voir.

— Sans la gentillesse de mes amis, ils auraient été détruits ou dispersés.

— Allez-vous récompenser le colonel Petlos ?

— J'ai l'intention de lui confier la formation d'une armée. Il est certes un peu jeune pour une tâche aussi importante, mais j'ai confiance en lui. Je souhaite que la Kavonie ne connaisse pas de guerre, mais nous devons être toujours prêts à nous défendre.

— Il m'est très pénible de penser que vous pourriez de nouveau vous trouver en danger.

— Pour l'heure, le seul péril est que, à trop vous aimer, vous finissiez par vous lasser de moi.

— Cela n'arrivera jamais. Tout ce que je désire, c'est rester auprès de vous.

— Nous serons ensemble chaque jour, et la nuit vous dormirez ici, et dans mes bras.

— Ici ?

— Cette demeure sera notre maison.

— Est-ce pour cela que vous m'avez conduite ici, ce soir ? Je ne comprenais pas pourquoi vous m'aviez fait quitter le palais.

— Pensiez-vous que j'allais vous embrasser dans un endroit bâti avec les larmes et la misère du peuple ? Une chose est certaine : jamais nous n'y habiterons !

— Oh, je préfère cette maison.

— Les Petlos me la prêtent jusqu'à ce que j'en fasse construire une. Peut-être serait-il plus intelligent de la leur acheter ? Mais, pour le moment, ces choses sont secondaires. Tout ce qui importe, ma petite femme chérie, c'est que j'aie un endroit où vous aimer.

Puis il s'était emparé de ses lèvres, et elle était venue se serrer tout contre lui.

— Quand serez-vous sacré roi ? avait-elle demandé plus tard dans la nuit.

Elle avait posé la question avec quelque nervosité car l'idée qu'il pût accéder à une charge aussi prestigieuse l'intimidait.

— Jamais ! avait-il répondu sans hésitation.

— Jamais ?

— Non, jamais. Je pense que la Kavonie a eu son compte d'absolutisme. La Kavonie sera une république.

— Mais... quelle sera votre fonction ?

— Je serai président, et un président des plus démocratique ! C'est, je crois, la forme de gouvernement la plus appropriée au monde actuel. Cela vous ennuie-t-il de ne pas être reine, mon adorée ?

— Je ne veux être que votre femme.

— Ce que vous êtes et serez toujours !

Il l'avait passionnément embrassée. Un long moment s'écoula avant que Théola puisse demander :

— Et le palais, qu'allez-vous en faire ?

— Une des ailes servira d'hôpital en attendant que nous ayons les moyens d'en construire un. Des bureaux occuperont l'autre aile. La partie centrale servira de salle de réception pour les délégations étrangères, les inévitables réceptions et peut-être, dans l'avenir, lorsque le pays sera prospère, des bals. J'aimerais beaucoup danser avec vous, mon adorable petite femme, mais pour l'heure je me satisfais pleinement de vous tenir ainsi tout contre moi, avec pour seule musique le battement de nos cœurs.

Ces paroles lui revinrent en mémoire, tandis qu'elle s'asseyait dans le lit. Elle vit sa robe du soir jetée pêle-mêle sur une chaise et, disséminés à travers la pièce, ses souliers et ce que sa tante aurait appelé des « vêtements dont on tait le nom ». En rougissant, elle se souvint du feu qui s'était emparé d'eux corps et âme.

« Je l'aime ! Merci, merci, Seigneur, pour cet amour. Merci de m'avoir donné ce bonheur parfait, inexprimable. »

On frappa à la porte. Magara entra.

— Vous êtes réveillée, Madame ?

Théola eut un grand sourire.

— Oui, Magara, réveillée et très, très heureuse !

— Je savais que vous le seriez, Madame, quand j'ai appris que le général vous avait conduite ici.

— Tout est si beau, dit Théola en regardant autour d'elle, et si différent du palais.

De fait, le contraste était saisissant. La chambre était toute blanche. Le lit n'était pas chargé d'un de ces lourds baldaquins que l'on voyait au palais. Il avait, pour toute décoration, une tête de lit sculptée de cupidons et de dauphins. Il s'agissait certainement du travail d'un artisan local, tout comme les tapis aux motifs multicolores. Elle en avait vu de semblables dans des livres sur l'artisanat grec. Les rideaux de couleurs vives avaient été tissés à la main.

Par les grandes fenêtres ouvertes, le parfum des lys et des roses pénétrait dans la chambre.

Magara annonça que le petit déjeuner serait servi dehors, dans le patio sur lequel s'ouvrait le salon.

— J'espère que vous avez pensé à m'apporter une robe.

— Une de vos plus jolies et de vos plus légères, Madame. J'apporterai le reste de votre garde-robe un peu plus tard. Je n'ai pas eu le temps de retenir une voiture pour ce matin.

— Je suis si contente de savoir que nous allons vivre ici.

— Cela paraît tout petit à côté du palais, mais ce sera plus facile à tenir, et les serviteurs seront très honorés de vous servir.

« Il serait impossible, se dit Théola en s'asseyant sous la marquise du patio, d'être plus heureuse. »

Elle ne souhaitait que demeurer près d'Alexius, s'occuper de lui, savoir qu'ils étaient l'un à l'autre et que plus jamais elle ne serait seule. Après tout ce qu'elle avait souffert de misères et d'humiliations, elle avait l'impression d'être passée sans transition du plus profond des enfers au paradis terrestre.

« Je vais faire tout mon possible pour le seconder, se dit-elle. Il y a tant à faire pour les femmes de Kavonie et, bien sûr, pour les enfants. »

Elle décida aussi qu'elle rendrait visite à la fillette blessée, et tenterait de savoir ce qu'étaient devenus les enfants qui avaient dormi au palais. Sans doute étaient-ils maintenant près de leur mère, mais leurs blessures étaient-elles guéries ou bien avaient-ils toujours besoin de soins ?

« Oui, tout cela doit être de mon ressort, décida-t-elle. Alexius aura tant de choses capitales à faire, qu'il ne pourra pas se soucier de ces questions secondaires. »

Après le petit déjeuner, elle alla se promener dans le jardin qu'elle trouva beaucoup plus beau que celui du palais avec ses statues austères et ses allées tirées au cordeau. Ici poussaient des azalées, des lys et des orchidées de toutes formes, de toutes teintes. Il y avait aussi un jardin aquatique avec sa cascade miniature. Dans le bassin de la fontaine, sous les grandes feuilles de nénuphar, évoluaient des poissons rouges.

« Ce lieu est le sanctuaire de l'amour », se dit-elle. Puis elle constata qu'elle y flânait depuis déjà un long moment. Il devait être bientôt midi. Alexius allait lui revenir. Dès qu'il apparaîtrait, elle se jetterait dans ses bras comme elle aurait voulu le faire la veille quand il était entré dans sa chambre flanqué de deux sentinelles.

Et si elle avait été forcée de lui obéir ? Si, au lieu de se trouver ici à attendre son retour, elle était à bord de ce navire britannique, voguant vers la Grèce pour y retrouver son oncle et Catherine ? Elle frémit à cette pensée. Mais il n'y avait plus rien à craindre.

Plus rien désormais ne la ferait trembler. Elle appartenait à Alexius qui, tel Apollon, avait apporté la lumière dans la nuit qui l'environnait.

Passant par la porte-fenêtre, elle regagna la fraîcheur du salon. Il y avait sur les murs des tableaux qu'elle n'avait pas encore eu le loisir d'examiner ; ils devaient être très beaux puisqu'ils appartenaient à la famille d'Alexius. Comme elle s'en approchait, la porte s'ouvrit, et un domestique annonça en kavonien :

— Un monsieur demande à vous voir, Madame.

Elle se retourna et resta pétrifiée. Le duc venait d'entrer, suivi de Catherine !

7

— Ah, vous voilà, Théola ! s'exclama le duc.

— Je... je ne m'attendais pas à vous voir, oncle Septimus, bredouilla-t-elle.

Il lui semblait si grand et autoritaire que de nouveau elle se sentit écrasée par cette aversion qu'il lui portait et qui émanait de toute sa personne.

— Ça, je l'imagine ! dit-il. Nous repartons immédiatement, Catherine et moi, pour l'Angleterre. Je viens vous chercher.

— Me chercher ?

— Nous nous rendons à Khévéa où, Dieu merci, se trouve un navire anglais. Dépêchez-vous ! Il n'y a pas de temps à perdre !

C'est alors que Catherine poussa un cri. Entrée à la suite de son père, elle avait d'abord parcouru la pièce du regard avant de poser les yeux sur sa cousine.

— Mais c'est ma robe ! Comment osez-vous porter mes vêtements ? Retirez ça immédiatement ! Vous m'entendez ?

Elle marcha sur Théola dont, néanmoins, l'attention restait portée sur le duc.

— C'est que... j'ai quelque chose à vous dire, oncle Septimus.

— De quoi s'agit-il ?

— Je suis mariée !

Si elle cherchait à le surprendre, elle y était certainement parvenue. Il la considéra un instant, n'en croyant pas ses oreilles, puis demanda :

— Avec qui ? Comment auriez-vous pu trouver à vous marier en si peu de temps ?

— Je suis la femme du général Vasilas !

Il parut n'avoir pas saisi le sens exact de ce qu'elle venait de dire. Puis, rugissant :

— Vasilas ? Le révolutionnaire ? L'homme qui a chassé le roi et plongé ce maudit pays dans un bain de sang ? Vous devez avoir perdu la raison.

Théola ne répondit pas. Tremblante, elle fixait son oncle.

— Il vous aura sans doute contrainte, encore que cela m'étonne qu'il vous ait offert le mariage. De toute façon, cette union n'est pas valable ; comme vous le savez, à votre âge, vous ne pouvez vous marier sans l'autorisation de votre tuteur. Cette autorisation, je l'ai déjà dit, ne vous sera jamais accordée. Je me charge de tout. Préparez-vous. Nous partons immédiatement pour l'Angleterre !

— Je ne peux pas partir avec vous ! reprit Théola d'une voix dont elle ne pouvait maîtriser le tremblement.

— Vous allez faire ce qu'on vous dit. A moins que vous ne vouliez me voir user d'arguments frappants.

— Elle porte ma robe, papa ! geignit Catherine. Elle se sert de mes affaires ! Elle n'a pas le droit ! Punissez-la !

— Elle sera châtiée dès que nous serons partis d'ici, n'ayez aucune inquiétude ! En attendant, si nous voulons atteindre Khévéa à temps, il faut partir. Vous avez vingt minutes pour faire vos bagages.

— Et les miens aussi, intervint Catherine. N'oubliez pas, papa, que le diadème de maman est resté ici.

— Je ne l'avais pas oublié.

Il rempocha sa montre et s'aperçut que Théola n'avait pas bougé.

— Refuseriez-vous de faire ce qu'on vous dit, Théola ?

Il avait parlé lentement, et elle savait depuis longtemps ce qu'annonçait ce calme apparent.

— Je dois demeurer auprès de mon mari, déclara-t-elle d'une voix altérée.

Le duc leva la main. Elle se prépara à recevoir la gifle. Mais la porte s'ouvrit sur le colonel Petlos, et le duc laissa retomber son bras.

— Quel plaisir que de revoir Votre Grâce, dit le colonel d'un ton affable.

— Petlos, il me semble ? s'enquit le duc.

— Soi-même, Votre Grâce. Vous vous souvenez sans doute que nous avons voyagé ensemble en bateau jusqu'à Khévéa.

— Je m'en souviens, oui. En revanche, je m'étonne de vous voir en ces lieux, et toujours en uniforme.

— Tout cela vous sera expliqué si Votre Grâce et lady Catherine veulent bien m'accompagner jusqu'au palais. Une voiture nous attend dehors.

— Nous avons la nôtre.

— Oui, bien sûr. Vous vous rendez à Khévéa, je présume.

— C'est exact.

— En ce cas, si Votre Grâce veut bien venir avec moi ? dit le colonel Petlos avec une note d'autorité dans la voix.

— Je crois que nous avons juste le temps, concéda le duc avant de se retourner vers Théola. Et vous, faites ce que je viens de vous dire. Si, à mon retour, vous n'êtes pas prête, il vous en cuira.

Ils suivirent le colonel. Juste avant de passer la porte, Catherine se retourna.

— Enlevez cette robe immédiatement ! siffla-t-elle. Et si vous portez aussi mes dessous et mes bas de soie, retirez-les ! Vous croyez donc que je vais me laisser détrousser ? Je vous promets de veiller à ce que papa et maman vous punissent très sévèrement pour la façon dont vous vous êtes conduite. C'est lamentable !

Et elle sortit sans laisser à sa cousine le temps de répondre. Théola porta les mains à son visage et éclata en sanglots. Comment avait-elle pu imaginer une seconde que son bonheur allait durer, qu'elle resterait en Kavonie et serait pour toujours la femme d'Alexius ? Elle aurait dû se douter que cette merveilleuse félicité ne pouvait être qu'éphémère.

A présent, il lui fallait affronter la triste réalité. Elle imaginait très bien quelle punition son oncle lui infligerait. Si c'était autrefois une douloureuse humiliation que de recevoir le fouet de sa main, cela lui serait désormais intolérable, car elle avait goûté au vrai bonheur.

Mais, pire encore que le châtiment et les brimades, pire que la misère et la nuit qui l'attendaient en Angleterre, était la perspective de quitter Alexius.

Elle était certaine que son oncle avait raison : son mariage n'était pas valable puisqu'elle n'avait pas eu l'autorisation de son tuteur. De plus, il n'allait pas manquer de parler à Alexius de son père ; il le convaincrait qu'elle était indigne d'être l'épouse de quelque homme que ce soit. Elle savait combien son oncle savait se faire persuasif, combien il était dénué de scrupules lorsqu'il voulait vraiment arriver à ses fins.

Et, même si elle savait Alexius prêt à se battre pour elle, elle ne le croyait pas en mesure de tenir tête aux pressions que le duc pouvait, s'il le souhaitait, susciter en Grande-Bretagne. Par le jeu de la diplomatie et de la politique, il était capable de faire naître bien des difficultés non seulement à l'encontre d'Alexius, mais aussi de la Kavonie.

En outre, elle était certaine qu'il n'hésiterait pas à utiliser toutes les armes en son pouvoir pour l'atteindre, elle. Il s'agissait d'une sorte de vendetta ; il n'avait jamais pardonné à sa sœur d'avoir jeté, selon lui, l'opprobre sur son nom. Elle savait qu'il cherchait à se venger sur elle de ce qu'il appelait la fourberie de son père.

« Oh, papa, papa ! se disait-elle, désespérée. Personne ne peut rien pour moi ! Personne ! »

Le temps passait et elle gagna la chambre, espérant y trouver Magara. Puis elle se rappela que la suivante devait être au palais. Elle ouvrit la penderie et n'y vit que la robe rose portée la veille et le déshabillé blanc de Catherine. Avec quelque difficulté, parce qu'elle n'avait personne pour l'aider, elle enleva la belle robe qu'elle avait mise pour Alexius. Elle portait en dessous un jupon bordé de dentelle et des bas de soie qui faisaient également partie du trousseau de sa cousine.

Elle se couvrit du peignoir blanc et s'assit pour attendre Magara qui ne devait plus tarder. Sans doute, en arrivant au palais, le duc avait-il demandé que l'on boucle les malles de Catherine; c'était probablement ce qui retenait Magara. Ceci fait, elle allait sûrement apporter les robes tristes et informes que sa tante lui avait choisies. Ces ternes et inélégantes défroques étaient le symbole de la laideur, de la mesquinerie qui allaient désormais caractériser son existence.

A l'instar de sa mère qui, contre la volonté des siens, avait épousé son père, elle s'était mariée sans la permission de son oncle, commettant aux yeux de celui-ci un crime pour lequel elle serait avilie et brimée jusqu'à la fin de ses jours.

— Je ne pourrai pas le supporter! dit-elle à haute voix.

Séparée d'Alexius, la vie ne valait pas d'être vécue. Elle se souvint de la nuit où il lui avait remis un pistolet.

« Je vais mourir! se dit-elle. A quoi bon continuer de vivre ? » Elle ne pouvait non plus envisager les punitions corporelles que lui administrerait son oncle. « Je suis lâche, murmura-t-elle, je suis si lâche! »

La chambre était silencieuse, et il lui semblait que son tumulte intérieur y faisait résonner le fracas de deux armées qui s'affrontent. Elle avait la sensation que d'invisibles lames la lacéraient. Une part de son esprit lui commandait de vivre quel qu'en soit le prix, et l'autre lui disait que la mort était infiniment préférable à une vie sans amour.

Elle alla sonner. Après un moment qui lui parut une éternité, on frappa à la porte.

— Vous avez sonné, Madame ?

Elle reconnut Dinos, le vieux domestique qui lui avait servi son petit déjeuner sur le patio.

— Oui, je voudrais que vous m'apportiez un pistolet.

— Un pistolet, Madame ?

— Il doit bien s'en trouver un dans la maison.

— Je n'en suis pas sûr, Madame, mais je vais voir.

— Je vous remercie, Dinos.

Elle avait remarqué la surprise du vieil homme. Cependant, en bon domestique, il ne fit pas d'objection et sortit. Théola attendit tout en se demandant si elle aurait la possibilité de dire adieu à Alexius.

Peut-être, ayant appris de la bouche de son oncle la vérité sur ses antécédents, ne serait-il que trop heureux de se défaire d'elle. Elle avait été sur le point de lui en parler elle-même. Mais alors, il l'avait embrassée, et tout avait été balayé une nouvelle fois par l'ivresse de leur amour.

A évoquer ainsi ses lèvres, elle eut un frémissement de plaisir. La seule pensée que plus jamais il ne pourrait l'aimer lui était un martyre. « Je l'aime ! fit-elle dans un sanglot. Oh, Dieu, comme je l'aime ! »

On frappa. Dinos entra, un pistolet à la main

— Voici le seul que j'aie pu trouver, Madame.

— Cela ira.

Théola prit l'arme ; il s'agissait d'un modèle très ancien, beaucoup plus pesant que celui qu'Alexius lui avait remis dans la caverne.

— Désirez-vous autre chose, Madame ?

— Pas pour l'instant, merci.

Le domestique sortit. Théola retourna s'asseoir, le pistolet à la main. Le métal était froid contre ses doigts. Aurait-elle la force de presser la détente ? Elle avait vu quelque part l'image d'un homme qui pointait le canon d'un pistolet sur sa tempe. Mais il ne fallait pas qu'Alexius ait pour ultime souvenir d'elle une vision de laideur, celle de son crâne fracassé.

« Je viserai le cœur, se dit-elle. Pourvu que je meure sur le coup ! »

Elle jeta un coup d'œil à la pendulette. Son oncle était parti depuis presque vingt minutes. Non, Magara ne pouvait faire en si peu de temps les bagages de Catherine. Même avec de l'aide, il lui faudrait au moins deux fois plus de temps pour plier les belles robes si délicates et vider de leur contenu de sous-vêtements de soie les tiroirs de la commode. Et puis il y avait aussi les souliers, les chapeaux, les sacs et les ombrelles qu'il fallait ranger dans d'innombrables malles et cartons qui avaient à eux seuls occupé toute une cabine du bateau.

« Qu'est-ce que j'attends ? A leur retour, si je suis toujours en vie, ils m'empêcheront de... de me tuer. »

Considérant le pistolet, elle se dit que ce qu'elle s'apprêtait à commettre était un péché. Elle songea aussi que c'était une preuve de lâcheté, et qu'Alexius, qui l'avait trouvée courageuse, la mépriserait pour cet aveu de faiblesse. Ses yeux s'emplirent de larmes, et elle murmura :

— Je n'y peux rien, mon amour ! Je ne pourrais pas vivre sans vous ! Si je meurs, au moins mon corps, comme mon cœur, restera en Kavonie !

Elle crut entendre quelqu'un venir, et leva vivement l'arme. Elle entendit la porte s'ouvrir. Les yeux clos, elle voulut presser la détente. Le mécanisme était plus résistant qu'elle ne s'y attendait.

Il y eut une exclamation soudaine. Une main ferme lui arracha le pistolet. Les bras d'Alexius se refermèrent sur elle.

— Pour l'amour du ciel, mais pourquoi ? Mon amour, ma chérie, qu'alliez-vous faire ?

Elle fondit en sanglots contre son épaule.

— Ils... ils vont m'emmener, hoqueta-t-elle. S'il faut que je vous quitte, à quoi bon vivre ? Laissez-moi mourir ! Je ne pourrais pas vivre sans vous, sans notre amour.

Elle le sentait lui embrasser les cheveux. Puis elle l'entendit parler d'une voix profonde, émue :

— Comment pouvez-vous être aussi insensée ? Aussi ridicule, mon adorée ? Imaginez-vous vraiment que je vais vous laisser partir ?

Elle l'entendait mais ne parvenait pas à croire ce qu'il disait. Il lui releva la tête, lui embrassa les lèvres, puis les larmes qui roulaient sur ses joues, et enfin les paupières.

— Comment avez-vous pu penser un seul instant que j'allais les laisser vous enlever à moi ?

— Oncle Septimus a dit que... que le mariage n'était pas valable parce qu'il n'avait pas donné son autorisation.

— Non seulement notre mariage est valable, mais votre oncle a donné son autorisation — à supposer qu'elle ait une quelconque valeur !

La surprise de Théola était telle que ses larmes s'arrêtèrent net.

— Est-ce vrai ? demanda-t-elle, les yeux grands ouverts.

— Tout à fait. Mais, dites-moi, comment avez-vous pu envisager une chose aussi atroce, aussi cruelle que de vous donner la mort ?

— Je... je croyais que vous ne voudriez plus de moi.

— Vous osez douter de mon amour ! fit-il d'un ton qu'il voulait sévère.

Mais aussitôt, il la couvrit de baisers.

— Voulez-vous savoir ce qui s'est passé, mon adorée ? demanda-t-il, puis, sans lui laisser le temps de répondre : Mais pourquoi avez-vous retiré vos vêtements ? Et que faites-vous en peignoir ?

— Catherine m'a ordonné de lui rendre tout ce que j'avais sur moi.

Elle avait de la peine à parler. Tout se brouillait dans son esprit ; seul un fait demeurait clair : Alexius venait de lui dire qu'elle n'allait pas partir.

— Eh ! Mais cela tombe bien, dit-il en souriant. Je pensais justement faire une petite sieste !

Il la souleva de terre et la déposa sur le lit. Il enleva sa tunique, s'allongea près d'elle et, la serrant contre lui, il l'embrassa passionnément.

— Je vous en prie, glissa-t-elle entre deux baisers, dites-moi ce qui s'est passé.

— Dites-moi d'abord que vous m'aimez.

— Je vous adore ! Je vous aime tant que je ne pouvais envisager de retourner en Angleterre avec mon oncle.

— C'est une chose qui n'arrivera jamais et, avec un peu de chance, nous ne le reverrons plus.

— Il est parti ?

— Il est en route pour Khévéa ! dit Alexius, une note de jubilation dans la voix.

Théola se pelotonna contre lui.

— Racontez ! Comment avez-vous fait ?

— En fait, nous devons cela à Nicias Petlos. Il a appris que le duc et votre cousine venaient d'arriver au palais et qu'ils vous cherchaient. Tandis qu'ils venaient ici, Nicias m'a appris quel genre d'homme est votre oncle et comment il vous avait traitée pendant la traversée. Un souverain moins éclairé que votre serviteur l'eût tout bonnement jeté dans un cachot pour lui faire goûter à ses propres méthodes !

— Qu'avez-vous fait ?

— Instruit par Nicias qui m'a expliqué que votre oncle n'est qu'un snob uniquement soucieux de fastes et d'apparences, j'ai eu l'idée d'une petite mise en scène.

— Oh, racontez !

— Nicias l'a fait attendre dans le salon de la reine. Lorsque j'ai été prêt, il a annoncé à votre oncle et à sa fille : « Son Altesse Royale le prince Alexius, souverain de la Kavonie, accorde une audience à Votre Grâce ! » Par la suite, Nicias m'a raconté que votre oncle avait été complètement pris de court. Donc, sans lui laisser le temps de se ressaisir, il l'a introduit, ainsi que lady Catherine, dans le salon du roi.

— Où vous les attendiez ?

— Je les y attendais couvert de décorations dont la plupart appartenaient à mon père ; il devait également y en avoir quelques-unes que le roi a oubliées en partant ! Flanqué de deux aides de camp, eux aussi en grande tenue, je vous assure que je devais former un tableau impressionnant. Et Nicias d'annoncer : « Votre Altesse Royale, voici Sa Grâce le duc de Wellesbourne et lady Catherine Bourne ! ». Affectant de signer des documents, je les ai laissés traverser toute la longueur de la pièce avant de me lever pour les accueillir.

Théola se souvenait de la forte impression qu'avait produite sur elle le salon du roi.

— Et ensuite ?

— D'un ton bien différent de celui sur lequel il avait eu l'intention, j'imagine, de s'adresser à moi, le duc m'a demandé s'il était exact que vous et moi en étions passés par une forme de mariage.

« — Une forme, Votre Grâce ? lui ai-je dit. J'ai épousé votre nièce selon la loi kavonienne ; de plus, notre union a été bénie par Sa Sainteté l'archevêque.

« — Ce mariage n'est pas légal sans ma permission, a-t-il répondu.

« — En l'occurrence, nous ne pouvions la solliciter, ai-je rétorqué.

« Après un temps de silence, il a changé de sujet :

« — Vous vous faites appeler « Prince ». Puis-je vous demander si vous avez effectivement hérité de ce titre ?

« Je l'ai regardé comme s'il m'avait insulté et il s'est hâté d'ajouter :

« — En fait, je me demandais si vous n'étiez pas un parent du roi Alexandros V, qui, me semble-t-il, était un Vasilas.

« — Je vois que Votre Grâce s'est intéressée à notre histoire ! En effet, le roi Alexandros V était mon père, et mon grand-père était Alexandros IV.

« — Je n'en avais pas la moindre idée, vraiment pas la moindre ! a-t-il bafouillé.

« — Vous comprenez donc, ai-je repris très sèchement, que je me sente des droits sur ce pays, dont celui de le débarrasser de l'étranger qui usurpa mon trône il y a douze ans.

— Oncle Septimus a dû faire une drôle de tête, murmura Théola.

— Cela lui a cloué le bec pendant un moment. Puis il a lancé : « Vous ne savez pas la vérité au sujet de ma nièce. Je considère qu'il est de mon devoir de vous dire qu'elle ne saurait être une épouse convenable. »

Théola poussa un cri d'effroi.

— J'avais l'intention de vous mettre au courant ! Je vous le jure, mais je n'en ai pas eu le temps.

— C'est sans importance, dit Alexius d'une voix égale.

— Sans importance ? fit-elle, croyant avoir mal entendu.

— Sans aucune importance. D'ailleurs, lorsque votre oncle m'a rapporté l'histoire de vos parents, je lui ai répondu : « Quel dommage que M. Waring ne soit plus de ce monde. Je lui aurais demandé de m'aider à créer une université en Kavonie. »

— Cela ne vous gêne pas qu'il n'ait été ni noble ni prestigieux ?

Alexius eut un sourire.

— Que pourrais-je faire d'autre, mon amour, qu'admirer et honorer votre père ?

Théola eut un long soupir qui venait du plus profond de son être. Alexius reprit :

— Le duc en était tellement abasourdi qu'il ne trouvait plus ses mots. J'en ai profité pour demander à votre cousine :

« — Dois-je comprendre, lady Catherine, que vous n'avez pas l'intention d'épouser le roi Ferdinand ?

« — Un roi sans trône, me répondit-elle, et pour l'instant sans feu ni lieu, n'a rien de bien attirant.

« — Non, bien sûr.

« — C'est pourquoi je regagne l'Angleterre, mais je voudrais récupérer le diadème de ma mère ainsi que mes vêtements.

« — Votre premier souhait est facile à satisfaire, lady Catherine.

« Sur un signe, un de mes aides de camp est allé chercher le diadème dans son coffret de velours, qui n'avait pas bougé de la chambre de la reine. « Comme je suis heureuse de l'avoir retrouvé ! » s'est exclamée votre cousine.

— Je suis certaine qu'elle s'attendait à ce qu'on le lui ait volé, observa Théola.

— En Kavonie, on ne dérobe rien ! plaisanta Alexius. Sauf les cœurs !

— Vous m'avez ravi le mien, murmura-t-elle. Mais racontez-moi la suite.

— Ensuite, j'ai marchandé avec le duc.

— Marchandé ?

— Pour vos toilettes, mon amour. Je vous adore telle que vous êtes en ce moment, mais je crois que vous seriez quelque peu embarrassée, si vous n'aviez rien d'autre à porter que ce charmant déshabillé.

Il lui dénuda l'épaule et y déposa un baiser.

— Que voulez-vous dire par « marchander » ?

— Je leur ai fait remarquer que ce trousseau avait été constitué pour être porté en Kavonie.

« — De retour en Angleterre, leur ai-je dit, lady Catherine choisira peut-être un époux parmi les princes régnants de Suède, de Norvège, du Danemark, ou même peut-être de Prusse. En ce cas, les robes qu'elle a apportées ici seront trop légères pour ces climats.

« — Où voulez-vous en venir ? » m'a demandé le duc, et je lui ai parlé en termes d'argent. Nicias m'avait instruit de l'extrême avarice du personnage, et j'avais le sentiment qu'il regrettait les dépenses engagées pour un mariage qui n'a pas eu lieu.

— Et... vous les lui avez achetées pour moi ?

— Je pense que votre oncle a été très satisfait de notre arrangement.

— Mais... et Catherine, que disait-elle ?

— Elle insistait pour emporter à bord de quoi s'habiller jusqu'à Marseille.

— Et vous avez accepté ?

— Bien sûr ! J'ai fait venir Magara pour lui dire ce qu'elle devait mettre dans la malle.

— Cela a-t-il pris beaucoup de temps ?

— Pas du tout. Dès que la malle a été bouclée, on l'a portée dans leur voiture, et ils sont partis à toute vitesse pour Khévéa.

Théola soupira de soulagement.

— Il ne me plaît guère que vous ayez dépensé tant d'argent pour moi. Je sais combien a coûté le trousseau de Catherine.

— Si cela peut vous consoler, sachez qu'un marchand d'art vient de se présenter au palais avec l'espoir d'acquérir les portraits des Habsbourg pour les revendre à Vienne.

— Ça, je suis heureuse que vous puissiez vous en débarrasser !

— Et moi donc ! J'espère bien ne jamais revoir leurs vilaines figures !

— Je me demande quelles robes Magara a mises dans la malle de Catherine, dit Théola l'air pensif.

Elle espérait que sa robe de mariée n'était pas du nombre car elle avait l'intention de la conserver précieusement.

— Je vais vous confier un secret, dit Alexius. Je me suis adressé à Magara en kavonien, et ni votre oncle ni votre cousine n'ont compris les instructions que je lui ai données.

— Que lui avez-vous dit ?

— Je lui ai demandé de mettre dans cette malle uniquement les effets qui étaient les vôtres lorsque vous êtes arrivée — ceux-là et nul autre !

Théola eut un petit hoquet de surprise et considéra Alexius d'un air incrédule.

— *Mes* robes ? Vous avez donné mes robes à Catherine ? Oh, Alexius, comment avez-vous pu ?...

— Elle pourra toujours les porter avec son diadème ! dit-il l'air tout à fait sérieux, mais les yeux pétillants.

Alors Théola entrevit le côté amusant de la chose. Elle imagina Catherine, ouvrant sa malle après l'appareillage, et découvrant la hideuse robe de laine marron, la robe en batiste grise et la robe de voyage, de si piètre qualité, que sa tante avait choisies dans le but délibéré de l'enlaidir.

Ils éclatèrent de rire, et leur joie semblait se mêler au soleil qui se déversait dans la pièce par les grandes baies. Alexius la serra contre lui.

— Savez-vous, mon adorable petite femme, que je ne vous avais jamais entendue rire ? Voilà quelque chose qu'il faudra faire plus souvent.

— Rire ainsi de Catherine n'est guère charitable, mais je n'ai pas pu m'en empêcher.

— Les Kavoniens rient sans cesse lorsqu'ils sont heureux. Ils adorent la plaisanterie. Et le tour que j'ai joué à votre cousine, mon doux rêve, est une plaisanterie typiquement kavonienne.

— C'est si drôle ! Mais dites-moi, Alexius, sont-ils vraiment partis ?

— Ils sont vraiment partis ! Et maintenant vous allez me dire combien vous avez honte de ne pas avoir eu confiance en moi. Comment avez-vous pu imaginer un seul instant que j'allais vous laisser partir, maintenant que vous êtes ma femme ?

— Pardonnez-moi... je vous en supplie, pardonnez-moi.

— Je vous pardonne si vous me promettez de ne plus jamais rien tenter d'aussi affreux, dit Alexius, l'air grave.

Théola sentit ses joues s'empourprer.

— Je vous le promets.

— Par bonheur, ce vieux Dinos est plein de bon sens. Vous auriez eu beaucoup de peine à vous tuer avec un pistolet sans poudre ni balle !

— Il n'était pas... chargé ?

— Eh non, chère innocente ! Encore un exemple de plaisanterie kavonienne !

Théola eut un petit rire timide. Elle avait encore du mal à croire que le cauchemar était révolu, que les ténèbres s'étaient dissipées, dans cette aveuglante lumière qui paraissait toujours entourer Alexius.

— Je vous aime si fort, dit-elle. Je vous en prie, apprenez-moi à n'être plus ni stupide ni craintive.

— Je vais vous apprendre à avoir confiance en moi, et à vous souvenir que jamais je ne renonce. Tôt ou tard, je suis toujours le conquérant.

— C'est par l'amour que nous allons conquérir la Kavonie, murmura Théola.

— Nous allons nous y employer, vous et moi !

— C'est mon plus cher désir.

— Mais pour le moment, dit-il, j'ai à conquérir une personne qui s'est très mal conduite, mais qui, je pense, se repent maintenant.

Et leurs lèvres se joignirent. Elle sentit une main dénouer le déshabillé et glisser sur son corps.

D'abord ténue, puis de plus en plus insistante, une douce chaleur la gagnait tout entière. Le cœur d'Alexius battait contre le sien, et ils ne furent plus deux êtres mais un seul.

Autour d'eux, la lumière dansait et tremblait comme une flamme.

Barbara Cartland

Un amour conquérant
2145/2 (Mai 95)
Le choix du prince
2242/2 (Mai 95)
Loin de l'amour
2243/2 (Mai 95)
La gondole d'or
2286/2 (Mai 95)
Le portrait de l'amour
2367/2
La perfection de l'amour
2401/2 (Mai 95)
L'irrésistible charme d'Helga
2429/2
La magie de l'amour
2446/2 (Mai 95)
Le jardin de l'amour
2447/2 (Mai 95)
Dans les bras de l'amour
2465/2 (Mai 95)
La trahison diabolique
2516/2
Evasion pour le bonheur
2548/1
Une douce tentation
2627/2 (Mai 95)
Lilas blanc
2701/2 (Mai 95)
Passions victorieuses
2757/2
Pour une princesse
2776/2
Dangereuse passion
2777/2
L'amour victorieux
2796/1
Juste un rêve
2812/2
Amour, argent et fantaisie
2832/2
Le temple de l'amour
2847/1
La princesse des Balkans
2856/1
Douce enchanteresse
2857/1
Un baiser de soie
2889/2 (Mai 95)
Aime-moi pour toujours
2890/3
Le parfum des dieux
2960/1
Un ange passe
2972/1

Danger pour le duc
3047/2
Les ailes de l'amour
3108/3 (Mai 95)
Une fuite éperdue
3125/3
Un tel enchantement
3271/3 (Mai 95)
Cœur volé
3324/3 (Mai 95)
Le château des rêves
3452/2
Paris magique
3469/2
Passion diabolique
3470/2
Le parfum des roses
3488/2
Le bel aventurier
3489/3
Satan frappé par l'amour
3508/2
Un tour du destin
3519/2
Idylle romaine
3520/2
Pour l'amour de vous
3538/2
L'amour en automne
3539/2
Le moulin des passions
3558/2
En cachette
3559/2
Prise au piège
3572/2
La malédiction vaincue
3573/2
L'impossible bonheur
3595/3
Une irrésistible passion
3596/2
L'ombre du passé
3615/2
L'amour est un labyrinthe
3616/2
Miracle à Chadwood
3639/2
Les yeux du cœur
3640/2
Une idylle mexicaine
3660/2
Ô toi, mon roi
3661/2

Solita face aux espions
3680/2
L'amour sera notre refuge
3681/2
Au pays magique
3701/2
Un amour naissant
3702/2
La captive du cheikh
3729/2
Et si je l'aimais...
3730/2
Les enfants qui fuient
3743/2
Un rêve merveilleux
3754/2
Les vestiges de l'amour
3755/2
Les deux mariages de Thérésa
3774/2
Sous le soleil de Grèce
3775/2
Ensorcelée !
3792/2
Michael mon amour
3793/2
Idylle à Lucca
3808/2
Les sortilèges du cœur
3809/2
Pour l'amour d'un chevalier
3841/2
L'homme de mes rêves
3842/2
Fiançailles forcées
3862/2 (Février 95)
Le roi sans cœur
3863/2 (Février 95)
Trahison !
3884/2 (Mars 95)
Princesse d'un jour
3885/2 (Mars 95)
La fausse duchesse
3901/2 (Avril 95)
La vengeance du comte
3902/2 (Avril 95)
Rêve provençal
3918/2 (Mai 95)
Ma sœur, mon amie, mon ennemie
3941/2 (Juin 95)

Aventures et Passions

Quand les passions se déchaînent, quand elles entraînent des êtres prêts à tout pour les vivre dans un tourbillon d'aventures tumultueuses, elles sont dans la collection Aventures et Passions.

De l'Angleterre moyenâgeuse à la Louisiane déchirée par la guerre de Sécession, des îles Caraïbes aux rivages de l'Inde, Johanna Lindsey, Julie Garwood, Jennifer Blake, Kathleen Woodiwiss et tous les meilleurs auteurs du genre dressent pour vous des décors historiques somptueux. Suivez les aventures de leurs héroïnes rebelles que seul l'amour parvient à dompter.

BLAKE JENNIFER

Sérénade en Louisiane
3169/5

Les chaînes de l'amour
3240/5

Dans la luxuriance d'une plantation de Louisiane, l'impétueuse Anya s'éprend d'un séduisant aristocrate français. Mais c'est lui qui a assassiné le frère de la jeune femme ...

Un éden sauvage
3347/6

Le vengeur créole
3415/5

Le temps d'une valse
3758/6

Bien qu'ayant fait un mariage de convenance, Amélie n'aura pourtant de cesse qu'il soit consommé. Mais au matin, elle s'apercevra qu'elle a pris, sans le savoir, un amant !

BRANDEWYNE REBECCA

La lande sauvage
3018/5

Duel sur la lande
3055/4

Pour l'amour d'un comanchero
3159/7

La passion du conquistador
3285/5

Pour échapper aux intrigues perverses de Don Rodolfo, Aurora est prête à s'enfuir au bout du monde !

Les amants hors la loi
3397/6

Un mari en héritage
3543/5

La prisonnière du drakkar
3907/5 Inédit (Avril 95)

BUSBEE SHIRLEY

Le quiproquo de minuit
2930/5

Ayant malencontreusement compromis Melissa, Dominic est contraint de l'épouser. Mais au cours de ce bel été, la Louisiane se mobilise contre les Anglais. Et entre la trop belle Melissa et son turbulent époux, c'est aussi bientôt la guerre car aucun ne veut être dupe de l'autre.

Au-delà du pardon
2957/5

L'appel de la passion
3056/8

Sous le sceau de l'amour
3287/7

CAMDEN PATRICIA

Sous la coupe du Sultan
3704/6 Inédit

Le fils du diable
3868/5 Inédit (Février 95)

COPELAND LORI

Hannah l'indomptable
3260/2

Les traîtrises de l'amour
3414/5

DAILEY JANET

Le solitaire
1580/4

DEVERAUX JUDE

La saga des Montgomery

- Les yeux de velours
2927/5
- Un teint de velours
3003/5
- Une mélodie de velours
3049/4
- Un ange de velours
3127/4

Les dames de Virginie

- Kidnappée par erreur
3180/5
- La fiancée délaissée
3181/4
- Mariage forcé
3182/5
- Le pays enchanté
3372/5

Duel de femmes
3447/4

L'homme au masque
3523/4

Les entraves de l'amour
3643/5

La duchesse infidèle
3683/6 Inédit

Un mari par procuration
3794/4

Directrice d'une agence matrimoniale, Carrie tombe amoureuse d'un de ses clients en voyant sa photo...

La tentatrice
3889/5 Inédit (Mars 95)

A vingt-huit ans, Christiana n'est toujours pas mariée. De plus, elle est résolue à faire carrière comme reporter. Est-ce là un métier pour une jeune fille de bonne famille ? Furieux, son père engage deux hommes pour la ramener à la maison. Tynan et Asher parviendront-ils à remplir leur mission ?

Aventures et Passions

FEATHER Jane

La favorite du sérail
3448/6
A Grenade, à la fin du XVe siècle, la belle Sarita succombe au charme d'Abdul, le seigneur maure qui règne sur l'Andalousie. Cependant dans le sérail de l'Alhambra, de sombres complots se trament contre la favorite.

La nuit de Saint-Petersbourg
3560/6

La favorite afghane
3664/7 Inédit
Muté par ses supérieurs en Afghanistan, le capitaine Kit Ralston de l'armée britannique ne s'attendait certes pas au charmant spectacle d'une ravissante jeune femme indigène, se baignant nue dans une rivière ! Mais la belle Ayesha est la favorite du cruel Akbar Khan...

FINCH Carol

Aveuglée par l'amour
3777/6

Séduction au clair de lune
3946/6 Inédit (Juin 95)

GARLOCK Dorothy

Le métis apache
3594/5

GARWOOD Julie

Sur ordre du roi
3019/5

Un ange diabolique
3092/5

Un cadeau empoisonné
3219/5
Fiancée à quatre ans, embarquée de force dans des aventures rocambolesques, Sara est une héroïne d'une drôlerie irrésistible.

Désir rebelle
3286/5

La fiancée offerte
3346/5

Le secret de Judith
3467/5

Un mari féroce
3662/6 Inédit

Le voile et la vertu
3796/5

HAGAN Patricia

Violences et passions
3201/6

Folies et passions
3272/5

Gloires et passions
3326/6

Fureurs et passions
3398/5

Splendeurs et passions
3541/5

Rêves et passions
3682/6 Inédit

Honneur et passions
3756/5

Triomphe et passions
3847/5

HAZARD Barbara

L'aventurier des Bermudes
3703/7 Inédit

Coup monté
3811/6

HENLEY Virginia

La colombe et le faucon
3259/5

La fleur et le faucon
3416/6

La rose et le corbeau
3522/5

Les amants secrets
3641/7 Inédit

Mariage à l'essai
3866/7 Inédit (Février 95)
En Ecosse, à la fin du XVIe siècle, Ramsey Douglas doit épouser la jeune Elisabeth Kennedy. Mais sa mère substitue à la délicieuse promise l'insupportable Valentina, sa sœur aînée...

JOHANSEN Iris

Prince de cœur
3757/7
Dans l'Inde de l'époque coloniale, l'intrépide Jane Barnaby dirige la construction d'une voie ferrée et connaît une passion tumultueuse auprès du beau Ruel, un aventurier écossais.

JOHNSON Susan

Proposition malhonnête
3542/5

Le séducteur sauvage
3642/6 Inédit

Les enchères de la passion
3705/7 Inédit

JOYCE Brenda

Des feux sombres
3371/5

Le fier conquérant
3222/5

Candice la rebelle
3684/7 Inédit

KLEYPAS Lisa

Par pure provocation
3945/5 Inédit (Juin 95)
Arrogante et provocatrice, Lily Lawson semble prendre plaisir à choquer la bonne société londonienne. Au point que sa famille, outrée par ses extravagances, ne la reçoit plus. Lily va même jusqu'à tenter de séduire le fiancé de sa sœur, le hautain Lord Alex Raifort. Mais le secret de sa conduite scandaleuse ne réside-t-il pas dans une terrible blessure ?

LANDIS Jill Marie

L'héritage de Jade
3449/6

Aventures et Passions

LINDSEY JOHANNA
Samantha
2533/3
Esclave et châtelaine
2925/4
La révoltée du harem
2956/6
Capturée par des corsaires sur la côte barbaresque, Chantelle se retrouve prisonnière du dey de Barikah, qui la retient dans son sérail. Situation intolérable pour une jeune rebelle !
La fiancée captive
3035/4
Les feux du désir
3091/5
La Viking insoumise
3115/5
Un si doux orage
3200/4
Un cœur si sauvage
3258/4
Epouse ou maîtresse ?
3304/3
Captifs du désir
3430/4
Une fiancée pour enjeu
3593/5
Paria de l'amour
3725/4
Fuyant sa belle-famille décidée à l'éliminer, Jocelyne va s'installer aux Etats-Unis où elle veut refaire sa vie. Elle y rencontre Colt Thunder, dont le sang cheyenne a fait un paria.
Les frères Malory
- Passagère clandestine
3778/5
A l'insu de ses frères, Georgina s'embarque pour l'Angleterre dans l'espoir de retrouver son fiancé. Elle y rencontrera un pirate et, s'étant compromise, ses frères la contraindront à l'épouser !
Le séducteur impénitent
3888/4 Inédit (Mars 95)

LOWELL ELIZABETH
Poker menteuse
3726/5

McKINNEY MEAGAN
L'enchanteresse perverse
3239/5
L'ange de la vengeance
3373/5
Le corsaire des Caraïbes
3490/5
Le secret de la passion
3795/6
Le secret de la veuve
3923/6 Inédit (Mai 95)

McNAUGHT JUDITH
Les machinations du destin
3399/7
Incorrigible séducteur, le duc Jordan ne croit pas à l'amour. Pourtant il décide un jour de se marier avec une inconnue, par simple reconnaissance : elle lui a sauvé la vie. Mais Alexandra est ravissante et elle a de l'esprit !
Compromise
3521/6
La scandaleuse
3741/5
Fiancée contre son gré au désinvolte duc de Claymore, Whitney la rebelle est bien décidée à se battre pour préserver sa liberté.
L'amant de l'ombre
3810/7
Que faire lorsque votre fiancé vous a abandonnée et qu'un beau ténébreux demande à être consolé d'une expérience conjugale malheureuse ?

MATTHEWS PATRICIA
La promesse sauvage
2987/5
Les trois amours de Rachel
3160/6
Le déchaînement des passions
3348/5

MICHAELS FERN
Passions captives
3492/7
Dans la tourmente du désir
3575/8

MILLER LINDA LAEL
Pendue ou mariée
3614/4
Sauvée par un inconnu, Julie est-elle condamnée au mariage ? Si ce Daniel n'est pas sans charme, les "amis" de Julie ont décidé de la reprendre.
L'épouse yankee
3867/5 Inédit (Février 95)

NERI PENELOPE
Séductrice en guenilles
3562/8
La captive du Sahara
3644/7 Inédit

O'BANYON CONSTANCE
L'amante masquée
3428/6

O'GREEN JENNIFER
Prisonnière du roi
2981/5

ORWIG SARA
La belle d'Albuquerque
3890/4 Inédit (Mars 95)

POTTER PATRICIA
Le flambeur du Mississippi
3468/6
Sans foi ni loi
3561/5

QUICK AMANDA
La séductrice inattendue
3491/5
La dame voilée
3612/5
Etrange passion
3921/4 (Mai 95)

Aventures et Passions

REDD Joanne
La fiancée du désert
2926/4
Le rêve chimère
2980/5
L'aventurière de Fort Alamo
3328/5
Danse avec le feu
3429/4
La fiancée apache
3663/6 Inédit

ROBARDS Karen
Désirs fous
2928/5
La lune voilée
2979/5
Mississippi belle
3070/4
Le brigand aux yeux d'or
3142/5
Promise au bûcher
3221/5
Esclave de personne
3327/5
Les sortilèges de Ceylan
3466/5

ROGERS Rosemary
Amour tendre, amour sauvage
952/4
Le grand amour de Virginia
1457/4
Pour se venger de son mari, qu'elle soupçonne de lui être infidèle, Virginia s'embarque à Cuba avec un don Juan notoire. Au cours d'une escale dans un petit port, un tremblement de terre va bouleverser sa vie.
Le métis
2392/5
Esclave du désir
2463/5
Le désir et la haine
2577/7

RYAN Nan
Esclave de soie
2929/5
Le prince aztèque
3071/5
Meagan s'éprend de Tonatiuh, son ami d'enfance, et découvre entre ses bras le feu de la passion. Mais Tonatiuh a du sang aztèque et tout les sépare.
La légende de l'amour
3247/5
Le ravisseur indien
3574/6
L'amour pour mission
3846/5 Inédit
A la recherche de son frère disparu, Kay arrive à San Francisco en 1883. Elle découvre bientôt avec horreur que la maîtresse de ce dernier travaille dans un saloon comme... danseuse nue !

SMALL Béatrice
La captive d'Istanbul
3613/6
Chassé croisé
3776/7
Des brumes d'Ecosse aux rives d'Istanbul, quatre hommes se disputent le cœur et le corps de la belle Cat.

SMITH Bobbie
Capture mon cœur
3922/7 Inédit (Mai 95)

SPENCER LaVyrle
N'aimer qu'une fois
3906/6 Inédit (Avril 95)

STUART Anne
Désirs masqués
3845/5 Inédit

SUTCLIFFE Katherine
Un défi amoureux
3592/4

TRENT Lynda
Coup de patte
3509/6
Jumelles et rivales
3724/6

WEYRICH Becky Lee
Le vent brûlant de Bombay
3036/5
Le chardon et la rose
3110/6
La proie du pirate
3158/5
Lune gitane
3202/5
Le bal masqué de Géorgie
3303/5
L'esclave de l'empereur
3905/5 Inédit (Avril 95)
Au temps de la Rome antique, sous le règne de Néron, les aventures torrides de Tilia, une jeune et belle esclave chrétienne que convoite l'empereur. Mais son cœur bat pour un gladiateur.

WIGGS Susan
Le renégat
3944/6 Inédit (Juin 95)
En Irlande, au XVIIe siècle, la belle Caitlin MacBride a pris la tête du Fianna, un mouvement de résistance à l'occupant anglais. C'est alors qu'arrive John Wesley, chargé par Cromwell d'infiltrer les rangs des partisans irlandais et de démanteler le Fianna...

WOODIWISS Kathleen
Quand l'ouragan s'apaise
772/4
Le loup et la colombe
820/4
Shanna
1983/5
L'inconnue du Mississippi
2509/3
Cendres dans le vent
2421/7
Qui es-tu, belle captive ?
2998/6

Amour et Destin

Les romans de la collection Amour et Destin présentent des femmes exceptionnelles, qui découvrent dans l'amour le sens de leur vie. Elles iront jusqu'au bout de leur quête, quel qu'en soit le prix.

Héroïnes modernes, elles ont décidé de prendre en main leur destin et de l'assumer, dans un monde trop souvent hostile.

Dans cette collection, des femmes courageuses et intransigeantes affrontent la réalité, tout en sachant que l'amour, seul, pourra leur apporter l'épanouissement dont elles rêvent.

BENNETT ELIZABETH
Le balancier du cœur
3598/6
Jolie, douée mais obèse et malheureuse, Janie quitte un jour la Nouvelle-Angleterre pour devenir directrice artistique dans une agence de publicité new-yorkaise. Elle y gagnera son indépendance, perdra les kilos qui la gênaient et surtout découvrira, après quelques errances, le véritable amour.

BENZONI JULIETTE
Le Gerfaut
– Le Gerfaut
2206/6
– Un collier pour le diable
2207/6
– Le trésor
2208/5
– Haute-Savane
2209/5

BINGHAM CHARLOTTE
Ombre et lumière
3493/7 Inédit

BLAKE JENNIFER
Les secrets du passé
3323/6
Dans le décor luxuriant de La Nouvelle-Orléans, les passions se déchaînent autour de Riva, prisonnière d'un mystérieux passé.

Délices et fureurs
3525/6
Le parfum de la passion
3759/6

BRISKIN JACQUELINE
C'est écrit dans le ciel
3139/7
Au sommet de sa gloire, Alyssia del Mar, star secrète et fascinante, convoque les Cordiner. Elle a fait autrefois partie de cette famille de magnats du cinéma. Ils l'ont humilée et elle a décidé de se venger...

Cœurs trahis
3431/7

BROWN SANDRA
French Silk
3472/7
Des secrets bien gardés
3617/6
Substitution ?
3666/6 Inédit
Texas !
– Le destin de Lucky
3282/3
– Le destin de Rocky
3432/3
– Le destin de Sally
3563/3
Le souffle du scandale
3727/7
En quelques heures, trois voyous sans scrupules font basculer la vie de Jade dans l'horreur. Désormais, elle n'aura plus qu'un but : se venger. Dillon parviendra-t-il à lui redonner le goût du bonheur ?

CLARKE BRENDA
Au-delà du monde
3618/5
Qui était cet homme auprès de qui elle a vécu durant vingt-cinq ans ? Rowland l'a-t-il vraiment aimée ?

COOKSON CATHERINE
Le bonheur secret d'Emma
3343/5
Dès son plus jeune âge, Emma a compris qu'un seul homme compterait pour elle : le pasteur Henri Grainger.

Les tourments d'Annabella
3487/7

DAILEY JANET
Voir aussi page 34
Le mal-aimé
1900/4
Prisonniers du bonheur
2101/4
Le triomphe de l'amour
2430/5

DEJONG LINDA RENÉE
Illusions brisées
3395/6

DELINSKY BARBARA
Une femme trahie
3396/7
Lorsque Jeff, son mari, disparaît brusquement, Laura se trouve confrontée à une situation financière catastrophique. Avec horreur, elle comprend alors qu'elle vivait auprès d'un inconnu.

La quête de Chelsea Kane
3450/6
Empreintes
3576/6
Un moment d'égarement
3728/7

Amour et Destin

DEVERAUX Jude
Entre ses mains
3544/6 Inédit
La patience récompensée
3843/2 Inédit
Plus jamais sans toi
3942/3 Inédit (Juin 95)

FIELDING Joy
Les amours déchirées
3545/5

GOLDREICH Gloria
Rencontre
3471/5

HOAG Tami
L'homme des marais
3706/5 Inédit

JAGGER Brenda
L'amour revient toujours
3390/5

KRENTZ Jayne Ann
Le petit-fils prodigue
3707/5 Inédit
Un mariage blanc
3797/5 Inédit
Talents cachés
3943/6 Inédit (Juin 95)
Qui aurait pu croire à une telle rencontre ? Serenity est épicière, spécialisée dans les produits bio. Calec, un jeune loup de la finance. Pourtant, Serenity va découvrir les drames secrets de cet homme, mais aussi ses talents cachés. Seul, le grand amour peut unir ces êtres que tout semble séparer.

LAIMAN Leah
La richesse du cœur
3887/4 Inédit (Mars 95)
Héritier des usines automobiles D'Uberville Motors, Andrew est fiancé à Bethany Havenhurst : un mariage de raison plus que d'amour. Mais un soir d'été, au bord du lac de Millpond où doit être édifiée une nouvelle usine, il rencontre Samantha Miles, mécanicienne et simple employée de l'entreprise...

LAROSA Linda
Princesse Alexandra
3358/7
Par un beau matin d'été de 1868, une jeune femme s'enfuit du domicile conjugal, en Autriche, et se réfugie à Paris, sous une fausse identité. C'est Alexandra, cousine de l'empereur François-Joseph...

MACOMBER Debbie
L'amour par petite annonce
3865/5 Inédit (Février 95)
Débordé par ses trois neveux orphelins, dont il a désormais la charge, Travis, célibataire endurci, se résoud à passer une annonce matrimoniale. Parmi toutes les réponses qu'il reçoit, une lettre retient son attention : celle de la timide et solitaire Mary. Mais peut-on trouver l'amour par petites annonces ?

MANSELL Jill
Malentendus
3685/6 Inédit
Pour la magie d'un baiser
3779/6
Trois femmes en quête du bonheur...
Troublante différence
3904/7 Inédit (Avril 95)
Las de ses liaisons successives avec des top models au corps parfait et au cœur vide, le photographe Guy Cassidy s'interroge sur sa vie et sur les femmes. Surtout lorsqu'il rencontre les sœurs Vaughan, qui se ressemblent de façon troublante et qui sont pourtant si différentes...

MAREZ Marnie de
L'épouse indésirable
3686/5 Inédit

McNAUGHT Judith
L'homme qui haïssait les femmes
3665/4 Inédit
Où tu iras, j'irai
3760/6
Lorsqu'un inconnu vous demande de tout abandonner pour le suivre à Porto Rico, on a certes le droit d'hésiter. Mais alors, on court le risque de tout perdre...

PEARSON Michael
Une femme d'argent
3359/5
De New York à Londres, en ce début de siècle, l'irrésistible ascension de Victoria dans le monde de la haute finance.

PLAIN Belva
Les trésors de la vie
3524/7

QUIN-HARKIN Janet
Grâce au ciel
3812/5

RENICK Jeane
Fais-moi confiance
3597/6
L'enfant de la dernière chance
3742/6
Un bébé ! Cette idée obsède Marielle, à qui la nature ne laisse plus beaucoup de temps. Après mille péripéties, elle aura enfin ce qu'elle veut, et le bonheur en prime.
Le regard de Leanna
3844/6 Inédit

Amour et Destin

SAWYER Meryl

Méfiez-vous des inconnus
3780/8

Promets-moi l'amour
3903/6 Inédit (Avril 95)

SELINKO Annemarie

Désirée
3374/5 & 3375/5

SIMPSON Pamela

Revers de fortune
3451/7

SMITH Deborah

L'amour par Miracle
3564/7 Inédit

Le saule bleu
3645/7 Inédit

Le rubis de Pandora
3886/6 Inédit (Mars 95)

SPENCER Lavyrle

Doux amer
2942/7 Inédit (Février 95)

Demain le bonheur...
3798/8

En 1917, Lannie rejoint son nouveau poste d'institutrice dans le Dakota. La jeune femme va découvrir les grandes plaines du Middle West, des gens simples et vrais, et trouver l'amour.

Chambre à part
3919/6 Inédit (Mai 95)

TAYLOR Lucy

Les années de feu
3646/6 Inédit

THOMAS Rosie

Célébration
3357/5

Œnologue réputée, Bell est fermement décidée à faire carrière dans un monde habituellement fermé aux femmes. L'amour va, toutefois, orienter différemment son destin.

La belle conquérante
3510/9

WEBB Peggy

Là où vont les dauphins
3920/5 Inédit (Mai 95)

Né avec la maladie bleue, Jeffy est, à quatre ans à demi-paralysé et enfermé dans un mutisme absolu. Pour le sortir de son silence et de sa dépression, Susan, sa mère, l'emmène au Centre de Recherches Océaniques, où s'ébattent les dauphins. C'est là qu'elle rencontre Paul Tyler, un chirurgien au passé douloureux.

Grands romans

La littérature conjuguée au pluriel, pour votre plaisir. Des œuvres de grands romanciers français et étrangers, des histoires passionnantes, dramatiques, drôles ou émouvantes, pour tous les goûts...

ADLER Philippe

Bonjour la galère !
1868/1
Les amies de ma femme
2439/3

ANDREWS™ Virginia C.

Fleurs captives

Dans un immense et ténébreux grenier, quatre enfants vivent séquestrés. Pour oublier leur détresse, ils font de leur prison le royaume de leurs jeux, le refuge de leur tendresse, à l'abri du monde. Mais le temps passe et le grenier devient un enfer. Et le seul désir de ces enfants devenus adolescents est désormais de s'évader... à n'importe quel prix.

- Fleurs captives
1165/4
- Pétales au vent
1237/4
- Bouquet d'épines
1350/4
- Les racines du passé
1818/5
- Le jardin des ombres
2526/4

La saga de Heaven

- Les enfants des collines
2727/5

Les enfants des collines, c'est l'envers de l'Amérique : la misère à deux pas de l'opulence. Dans la cabane sordide où elle vit avec ses quatre frères et sœurs, Heaven se demande comment ses parents ont eu l'idée de lui donner ce prénom : «Paradis». Un jour, elle apprendra le secret de sa naissance, si lourd que la vie de son père en a été brisée, mais si beau qu'elle croit naître une seconde fois.

- L'ange de la nuit
2870/5
- Cœurs maudits
2971/5
- Un visage du paradis
3119/5
- Le labyrinthe des songes
3234/6

Ma douce Audrina
1578/4

Etrange existence que celle d'Audrina ! Sur cette petite fille de sept ans, pèse l'ombre d'une autre : sa sœur aînée, morte il y a bien longtemps dans des circonstances tragiques et qu'elle est chargée de faire revivre.

Aurore

Un terrible secret pèse sur la naissance d'Aurore. Brutalement séparée des siens, humiliée, trompée, elle devra payer pour les péchés que d'autres ont commis. Car sur elle et sur sa fille Christie, plane la malédiction des Cutler...

- Aurore
3464/5
- Les secrets de l'aube
3580/6
- L'enfant du crépuscule
3723/6
- Les démons de la nuit
3772/6
- Avant l'aurore
3899/5 (Avril 95)

ATTANÉ Chantal

Le propre du bouc
3337/2

AVRIL Nicole

Monsieur de Lyon
1049/2
La disgrâce
1344/3

Isabelle est heureuse, jusqu'au jour où elle découvre qu'elle est laide. A cette disgrâce qui la frappe, elle survivra, lucide, dure, hostile, adulte soudain.

Jeanne
1879/3

Don Juan aujourd'hui pourrait-il être une femme ? La belle Jeanne a appris, d'homme en homme, à jouir d'une existence qu'elle sait toujours menacée.

L'été de la Saint-Valentin
2038/1
La première alliance
2168/3
Sur la peau du Diable
2707/4
Dans les jardins de mon père
3000/2
Il y a longtemps que je t'aime
3506/3

L'amour impossible entre Antoine, 14 ans, et Pauline, sa belle-mère.

BACH Richard

Jonathan Livingston le goéland
1562/1 Illustré
Illusions/Le Messie récalcitrant
2111/1
Un pont sur l'infini
2270/4

Grands romans

BELLETTO René
Le revenant
2841/5
Sur la terre comme au ciel
2943/5
La machine
3080/6 (Mars 95)
L'Enfer
3150/5
Dans une ville déserte et terrassée par l'été, Michel erre. C'est alors qu'une femme s'offre à lui, belle et mystérieuse...

BERBEROVA Nina
Le laquais et la putain
2850/1
Astachev à Paris
2941/2
La résurrection de Mozart
3064/1
C'est moi qui souligne
3190/8
L'accompagnatrice
3362/4
De cape et de larmes
3426/1
Roquenval
3679/1
A la mémoire de Schliemann
3898/1 (Avril 95)

BERGER Thomas
Little Big Man
3281/8

BEYALA Calixthe
C'est le soleil qui m'a brûlée
2512/2

BLAKE Michael
Danse avec les loups
2958/4

BORY Jean-Louis
Mon village à l'heure allemande
81/4

BRAVO Christine
Avenida B.
3044/3

BROUILLET Chrystine
Marie LaFlamme
- Marie LaFlamme
3838/6
En 1662, à Nantes, la mère de Marie est condamnée au bûcher. Pour sauver sa fille, elle lui fait épouser un riche et cruel armateur, Geoffroy de St Arnaud. Mais Marie aime Simon et pour conquérir sa liberté, elle est prête à tout. Même à s'embarquer pour la Nouvelle-France, qui va devenir le Canada...
- Nouvelle-France
3839/6 (Mai 95)

BULLEN Fiona
Les amants de l'équateur
3636/6

TERROIR

Romans et histoires vraies d'une France paysanne qui nous redonne le goût de nos racines.

BRIAND Charles
De mère inconnue
3591/5
Le destin d'Olga, placée comme domestique chez des paysans angevins et enceinte à 14 ans.

CLANCIER G.-E.
Le pain noir
651/3

GEORGY Guy
Voir aussi page 26
La folle avoine
3391/4
Orphelin, Guy-Noël vit chez sa grand-mère, une vieille dame qui connaît tout le folklore et les légendes du pays sarladais.

JEURY Michel
Le vrai goût de la vie
2946/4
Une odeur d'herbe folle
3103/5
Le soir du vent fou
3394/5
Un soir de 1934, alors que souffle le vent fou, un feu de broussailles se propage rapidement et détruit la maison du maire...

LAUSSAC Colette
Le sorcier des truffes
3606/1

MASSE Ludovic
Les Grégoire
Histoire nostalgique et tendre d'une famille, entre Conflent et Vallespir, en Catalogne française, au début du siècle.
- Le livret de famille
3653/5
- Fumées de village
3787/5
- La fleur de la jeunesse
3879/5 (Mars 95)

PONÇON Jean-Claude
Revenir à Malassise
3806/3

SOUMY Jean-Guy
Les moissons délaissées
3720/6
Mars 1860. Un jeune Limousin quitte son village natal pour aller travailler à Paris, dans les immenses chantiers ouverts par Haussmann. Chaque année, la pauvreté contraint les gens de la Creuse à délaisser les moissons... Histoire d'une famille et d'une région au siècle dernier.

VIGNER Alain
L'arcandier
3625/4

VIOLLIER Yves
Par un si long détour
3739/4

Grands romans

BYRNE Beverly
Gitana
3938/8 (Juin 95)

CAILHOL Alain
Immaculada
3766/4 Inédit
Histoire d'un écrivain paumé, en proie au mal de vivre. Un humour désespéré teinte ce premier roman d'un auteur bordelais de vingt ans, qui s'inscrit dans la lignée de Djian.

CAMPBELL Naomi
Swan
3827/5

CATO Nancy
Lady F.
2603/4
Tous nos jours sont des adieux
3154/8
Sucre brun
3749/6
Marigold
3837/2

CHAMSON André
La Superbe
3269/7
La tour de Constance
3342/7

CHEDID Andrée
La maison sans racines
2065/2
Le sixième jour
2529/3
Le choléra frappe Le Caire. Ignorante et superstitieuse, la population préfère cacher les malades car, lorsqu'une ambulance vient les chercher, ils ne reviennent plus. L'instituteur l'a dit : «Le sixième jour, si le choléra ne t'a pas tué, tu es guéri.»
Le sommeil délivré
2636/3
L'autre
2730/3
Les marches de sable
2886/3
L'enfant multiple
2970/3
Le survivant
3171/2
La cité fertile
3319/1
La femme en rouge
3769/1

CLANCIER Georges-Emmanuel
Le pain noir
651/3
Le pain noir, c'est celui des pauvres, si dur, que même les chiens n'en veulent pas. Placée à huit ans comme domestique chez des patrons avares, Cathie n'en connaîtra pas d'autre. Récit d'une enfance en pays Limousin, au siècle dernier.

CLERC Christine
Jacques, Edouard, Charles, Philippe et les autres
3828/5

CLÉMENT Catherine
Pour l'amour de l'Inde
3896/8 (Avril 95)
Le roman vrai des amours de Nehru et de Lady Edwina Mountbatten, l'une des plus grandes dames de l'aristocratie anglaise,femme du dernier des vice-rois des Indes britanniques.

COCTEAU Jean
Orphée
2172/1

COLETTE
Le blé en herbe
2/1

COLOMBANI Marie-Françoise
Donne-moi la main, on traverse
2881/3
Derniers désirs
3460/2

COLLARD Cyril
Cinéaste, musicien, il a adapté à l'écran et interprété lui-même son second roman Les nuits fauves.
Le film 4 fois primé, a été élu meilleur film de l'année aux Césars 1993. Quelques jours plus tôt Cyril Collard mourait du sida.
Les nuits fauves
2993/3
Condamné amour
3501/4
Cyril Collard : la passion
3590/4 (par J.-P. Guerand & M. Moriconi)
L'ange sauvage (Carnets)
3791/3

CONROY Pat
Le Prince des marées
2641/5 & 2642/5
Le Grand Santini
3155/8

CORMAN Avery
Kramer contre Kramer
1044/3

DAUDET
Voir page 23

DeMILLE Nelson
Le voisin
3722/9

DENUZIERE Maurice
Helvétie
3534/9
A l'aube du XIXe siècle, le pays de Vaud apparaît comme une oasis de paix au milieu d'une Europe secouée par de furieux soubresauts. C'est cette joie de vivre oubliée que découvre Blaise de Fonsalte, soldat de l'Empire, déjà las de l'épopée napoléonienne. De ses amours clandestines avec Charlotte, la femme de son hôte, va naître une petite fille aux yeux vairons.
La Trahison des apparences
3674/1

Grands romans

DHÔTEL André
Le pays où l'on n'arrive jamais
61/2

DICKEY James
Délivrance
531/3

DIWO Jean
Au temps où la Joconde parlait
3443/7
1469. Les Médicis règnent sur Florence et Léonard de Vinci entame sa carrière, aux côtés de Machiavel, de Michel-Ange, de Botticelli, de Raphaël... Une pléiade de génies vont inventer la Renaissance.

DJIAN Philippe
Né en 1949, sa pudeur, son regard à la fois tendre et acerbe, et son style inimitable, ont fait de lui l'écrivain le plus lu de sa génération.

37°2 le matin
1951/4
Se fixer des buts dans la vie, c'est s'entortiller dans des chaînes... Oui, mais il y a Betty et pour elle, il irait décrocher la lune. C'est là qu'ils commencent à souffrir. Car elle court derrière quelque chose qui n'existe pas. Et lui court derrière elle. Derrière un amour fou...

Bleu comme l'enfer
1971/4
Zone érogène
2062/4
Maudit manège
2167/5
50 contre 1
2363/2
Echine
2658/5
Crocodiles
2785/2
Cinq histoires qui racontent le blues des amours déçues ou ignorées. Mais c'est parce que l'amour dont ils rêvent se refuse à eux que les personnages de Djian se cuirassent d'indifférence ou de certitudes. Au fond d'eux-mêmes, ils sont comme les crocodiles : «des animaux sensibles sous leur peau dure.»

DOBYNS Stephen
Les deux morts de la Señora Puccini
3752/5 Inédit

DORIN Françoise
*Elle poursuit avec un égal bonheur une double carrière. Ses pièces (*La facture, L'intoxe...*) dépassent le millier de représentations et ses romans sont autant de best-sellers.*

Les lits à une place
1369/4
Pour avoir vu trop de couples déchirés, de mariages ratés (dont le sien !), Antoinette a décidé que seul le lit à une place est sûr. Et comme elle a aussi horreur de la solitude, elle a partagé sa maison avec les trois êtres qui lui sont le plus chers. Est-ce vraiment la bonne solution ?

Les miroirs truqués
1519/4
Les jupes-culottes
1893/4
Les corbeaux et les renardes
2748/5
Baron huppé mais facile à duper, Jean-François de Brissandre trouve astucieux de prendre la place de son chauffeur pour séduire sa dulcinée. Renarde avisée, Nadège lui tient le même langage. Et voilà notre corbeau pris au piège, lui qui croyait abuser une ingénue.

Nini Patte-en-l'air
3105/6
Au nom du père et de la fille
3551/5
Un beau matin, Georges Vals aperçoit l'affiche d'un film érotique, sur laquelle s'étale le corps superbe et intégralement nu de sa fille. De quoi chambouler un honorable conseiller fiscal de soixante-trois ans ! Mais son entourage est loin de partager son indignation. Que ne ferait-on pas, à notre époque, pour être médiatisé ?

Pique et cœur
3835/1

DUBOIS Jean-Paul
Les poissons me regardent
3340/3
Une année sous silence
3635/3
Vous aurez de mes nouvelles
3858/2 (Février 95)

DUNKEL Elizabeth
Toutes les femmes aiment un poète russe
3463/7

DUROY Lionel
Priez pour nous
3138/4

EDMONDS Lucinda
En coulisse
3676/6

ELLISON James
Calendar girl
3804/3

FIELD Michel
L'homme aux pâtes
3825/4

Grands romans

FOSSET Jean-Paul
Chemins d'errance
3067/3
Saba
3270/3

FREEDMAN J.-F.
Par vent debout
3658/9

FRISON-ROCHE
Né à Paris en 1906, l'alpinisme et le journalisme le conduisent à une carrière d'écrivain. Aujourd'hui il partage son temps entre de grands reportages, les montagnes du Hoggar et Chamonix.

La peau de bison
715/3
La vallée sans hommes
775/3
Carnets sahariens
866/2
Premier de cordée
936/3
Le mont Blanc, ses aiguilles acérées, ses failles abruptes, son pur silence a toujours été la passion de Jean Servettaz. C'est aussi pour cela qu'il a décidé d'en écarter son fils. Mais lorsque la montagne vous tient, rien ne peut contrarier cette vocation.

La grande crevasse
951/3
Retour à la montagne
960/3
La piste oubliée
1054/3
La Montagne aux Écritures
1064/2
Le rendez-vous d'Essendilène
1078/3
Le rapt
1181/4
Djebel Amour
1225/4
En 1870, une jolie couturière épouse un prince de l'Islam. A la suite de Si Ahmed Tidjani, elle découvre, éblouie, la splendeur du Sahara. Décidée à conquérir son peuple, elle apprend l'arabe, porte le saroual et prend le nom de Lalla Yamina.

La dernière migration
1243/4
Les montagnards de la nuit
1442/4
Frison-Roche, qui a lui-même appartenu aux maquis savoyards, nous raconte le quotidien de ces combattants de l'ombre.

L'esclave de Dieu
2236/6
Le versant du soleil
3480/9

GEDGE Pauline
La dame du Nil
2590/6
L'histoire d'Hatchepsout, reine d'Egypte à 15 ans. Les splendeurs de la civilisation pharaonique et un destin hors série.

GEORGY Guy
La folle avoine
3391/4
Le petit soldat de l'Empire
3696/4
L'oiseau sorcier
3805/4

GOLDSMITH Olivia
La revanche des premières épouses
3502/7

GOLON Anne et Serge
Angélique
Marquise des Anges
2488/7
Lorsque son père, ruiné, la marie contre son gré à un riche seigneur, Angélique se révolte. Défiguré et boîteux, le comte de Peyrac jouit en outre d'une réputation de sorcier. Derrière cet aspect repoussant, Angélique va pourtant découvrir que son mari est un être fascinant...

Le chemin de Versailles
2489/7
Angélique et le Roy
2490/7
Indomptable Angélique
2491/7
Angélique se révolte
2492/7
Angélique et son amour
2493/7
Angélique et le Nouveau Monde
2494/7
La tentation d'Angélique
2495/7
Angélique et la Démone
2496/7
Angélique et le complot des ombres
2497/5
Angélique à Québec
2498/5 & 2499/5
La route de l'espoir
2500/7
La victoire d'Angélique
2501/7

Grands romans

GROULT Flora

Après des études à l'Ecole des arts décoratifs, elle devient journaliste et romancière. Elle écrit d'abord avec sa sœur Benoite, puis seule.

Maxime ou la déchirure
518/1
Un seul ennui, les jours raccourcissent
897/2
A 40 ans, Lison épouse Claude, diplomate à Helsinki. Elle va découvrir la Finlande et les enfants de son mari. Une erreur ?

Ni tout à fait la même, ni tout à fait une autre
1174/3
Une vie n'est pas assez
1450/3
Mémoires de moi
1567/2
Le passé infini
1801/2
Le temps s'en va, madame...
2311/2
Belle ombre
2898/4
Le coup de la reine d'Espagne
3569/1
L'amour de...
3934/1 (Juin 95)

HARVEY Kathryn

Butterfly
3252/7 Inédit

HEBRARD Frédérique

Auteur de nombreux livres portés avec succès à l'écran ; son œuvre reçoit la consécration avec Le Harem, *Grand Prix du Roman de l'Académie française 1987.*

Un mari, c'est un mari
823/2
La vie reprendra au printemps
1131/3
La chambre de Goethe
1398/3
Un visage
1505/2
La Citoyenne
2003/3
Le mois de septembre
2395/1
Le Harem
2456/3
La petite fille modèle
2602/3
La demoiselle d'Avignon
avec Louis Velle
2620/4
Le mari de l'Ambassadeur
3099/5
Sixtine est ambassadeur. Pierre-Baptiste est chercheur à l'Institut Pasteur. Opposés, l'aventure les réunit pourtant, au beau milieu d'une révolution en Amérique centrale, et va les entraîner jusqu'au Kazakhstan, en passant par Beyrouth et le Vatican !

Félix, fils de Pauline
3531/2
Le Château des Oliviers
3677/7
Entre Rhône et Ventoux, au milieu des vignes, se dresse le Château d'Estelle, son paradis. Lorsqu'elle décide de le ramener à la vie, elle ne sait pas encore que son domaine est condamné. Aidée par l'amour des siens et surtout celui d'un homme, Estelle se battra jusqu'au bout pour préserver son univers.

HOFFMAN Alice

L'enfant du hasard
3465/4
La maison de Nora Silk
3611/5

HUBERT Jean-Loup

Le grand chemin
3425/3

HUMPHREYS Josephine

L'amour en trop
3788/5

JAGGER Brenda

Les chemins de Maison Haute
2818/9
A 17 ans, Virginia hérite de la fortune des Barthforth. Mais dans cette Angleterre victorienne, une femme peut-elle choisir son destin ? Contrainte d'épouser un homme qu'elle n'aime pas, Virginia se révolte.

La chambre bleue
2838/8

JEAN Raymond

La lectrice
2510/1

JEKEL Pamela

Bayou
3554/9
En 1786, les Doucet s'installent au bayou Lafourche, en Lousiane. Quatre femmes exceptionnelles vont traverser, en un siècle et demi, l'histoire de cette famille.

Columbia
3897/8 (Avril 95)
Du XVIIIe siècle à nos jours, l'épopée des pionniers indiens et européens de l'Oregon. Cinq générations de femmes et d'hommes héroïques et attachants, dont les bonheurs et les drames vont marquer l'histoire de cette immense contrée du nord-ouest des Etats-Unis.

JULIET Charles

L'année de l'éveil
2866/3

KANE Carol

Une diva
3697/6

Grands romans

KAYE M.M.

Pavillons lointains
1307/4 &1308/4

Dans l'Inde coloniale, un officier britannique reçoit l'ordre d'accompagner dans le Rajputana le cortège nuptial des sœurs du maharadjah de Karidkote. Il est loin de s'imaginer que cette mission va décider de toute sa vie.

KENEALLY Thomas

La liste de Schindler
2316/6

Venu en Pologne avec l'armée nazie, l'industriel allemand Schindler a vite prospéré, en faisant fabriquer de la vaisselle émaillée : la main-d'œuvre est bon marché, à Cracovie, en 1943. Mais en faisant travailler des juifs, Schindler les sauve de l'extermination, car Auschwitz-Birkenau est à deux pas.

KOSINSKI Jerzy

L'oiseau bariolé
270/3

Au début de la guerre, un jeune garçon trouve refuge à la campagne. Mais dans ces pays d'Europe de l'Est où tous sont blonds aux yeux bleus, on persécute l'enfant aux cheveux noirs. Bohémien ou juif, il ne peut que porter malheur. Lui, du haut de ses dix ans, essaie de comprendre et de survivre.

KONSALIK Heinz G.

Amours sur le Don
497/5
La passion du Dr Bergh
578/4
Dr Erika Werner
610/3
Aimer sous les palmes
686/3
L'or du Zephyrus
817/2
Les damnés de la taïga
939/4
Une nuit de magie noire
1130/2
Le médecin de la tsarine
1185/2
L'héritière
1653
Bataillons de femmes
1907/6
Clinique privée
2215/3
Conjuration amoureuse
2399/1
La saison des dames
2999/4 Inédit
La vallée sans soleil
3254/5 Inédit
La baie des perles noires
3413/5 Inédit

Un beau jour, Rudolph abandonne tout pour aller s'installer au bout du monde, sur un atoll du Pacifique Sud, en compagnie de la belle Tana'Olu.

LACAMP Ysabelle

Coréenne par sa mère, cévenole par son père, elle revendique sa double appartenance. Egalement comédienne et chanteuse, elle conjugue tous les talents.

La Fille du Ciel
2863/5

Dans la Chine décadente et raffinée du Xe siècle la trop belle Shu-Meï, fragile mais rebelle, a décidé de prendre en main son destin.

L'éléphant bleu
3209/5
Une jeune fille bien comme il faut
3513/3

L'histoire d'une jeune fille en apparence comblée par la vie, qui tombe amoureuse du meilleur ami de son père. Alors rien ne va plus. Sarah se ronge de culpabilité et devient anorexique. Peut-être parce qu'elle n'a pas d'autre moyen de se révolter ou de s'affirmer.

LAHAIE Brigitte

Les sens de la vie
3916/3 (Mai 95)

Fille de petits restaurateurs de la Beauce, Laure est devenue, par son mariage, une grande bourgeoise. Rejetée par sa belle-famille, elle va tenter de s'imposer, après la mort accidentelle de Luc, en usant de sa fortune et de sa beauté. Mais peu à peu, elle bascule dans la débauche... Un roman initiatique, porté par la rage de vivre, de comprendre et de se trouver.

LEFEVRE Françoise

Le petit prince cannibale
3083/3

Sylvestre, c'est un peu le Petit Prince. Il habite une autre planète, s'isole dans son monde, écoute le silence, officiellement catalogué comme autiste. Il dévore littéralement sa mère. Et elle, tout en essayant de le sortir de cette prison, tente de poursuivre son œuvre d'écrivain. Un livre tragique et superbe.

La première habitude
697/2

2145

Achevé d'imprimer en Europe (France)
par Brodard et Taupin à La Flèche (Sarthe)
le 3 avril 1995. 1742 L-5
Dépôt légal avril 1995. ISBN 2-277-22145-7
1er dépôt légal dans la collection : février 1987
Éditions J'ai lu
27, rue Cassette, 75006 Paris
Diffusion France et étranger : Flammarion